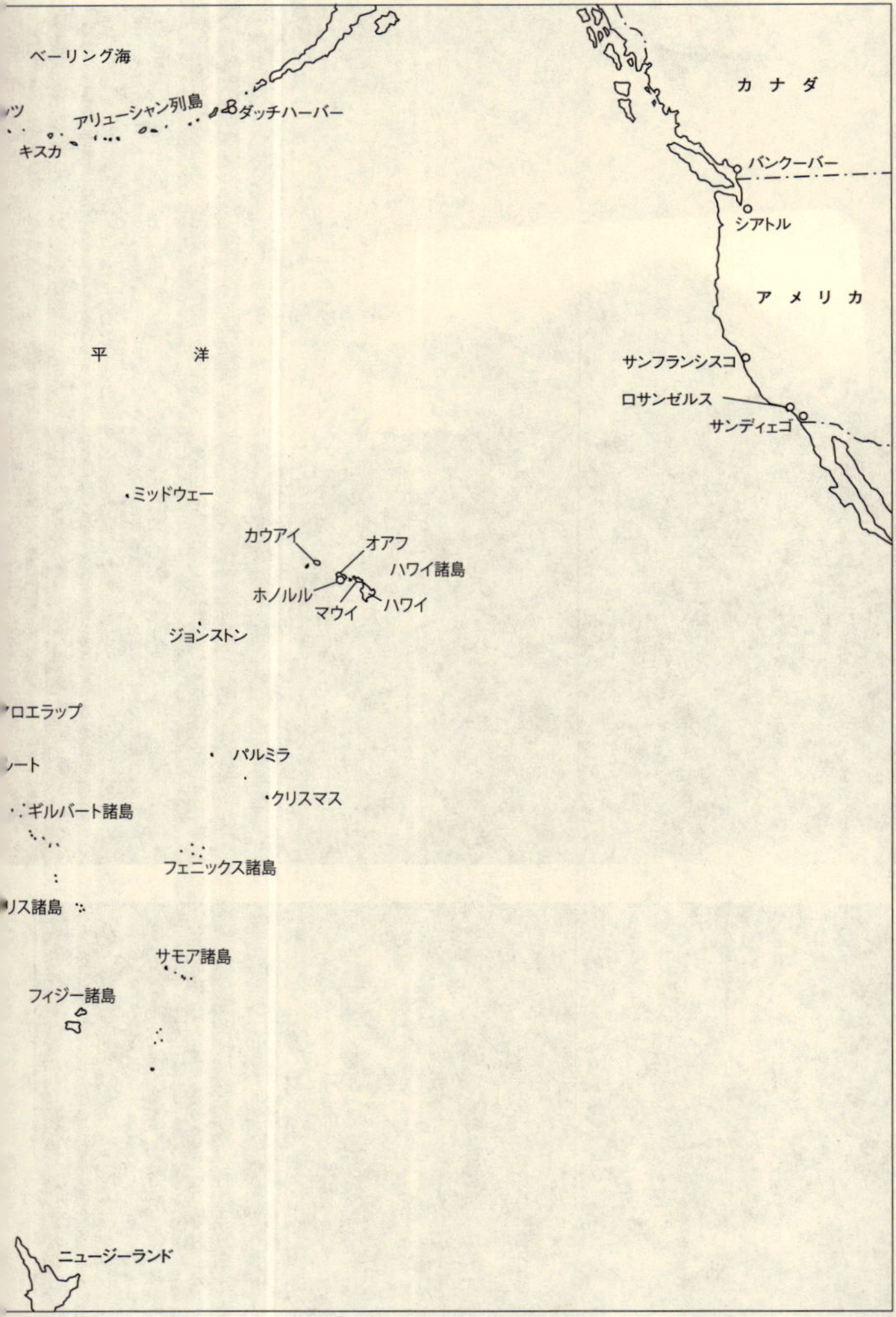

ベーリング海
ツ
アリューシャン列島
ダッチハーバー
キスカ
カナダ
バンクーバー
シアトル
アメリカ
平
洋
サンフランシスコ
ロサンゼルス
サンディェゴ
ミッドウェー
カウアイ
オアフ
ハワイ諸島
ホノルル
マウイ
ハワイ
ジョンストン
ロエラップ
パルミラ
ート
クリスマス
ギルバート諸島
フェニックス諸島
リス諸島
サモア諸島
フィジー諸島
ニュージーランド

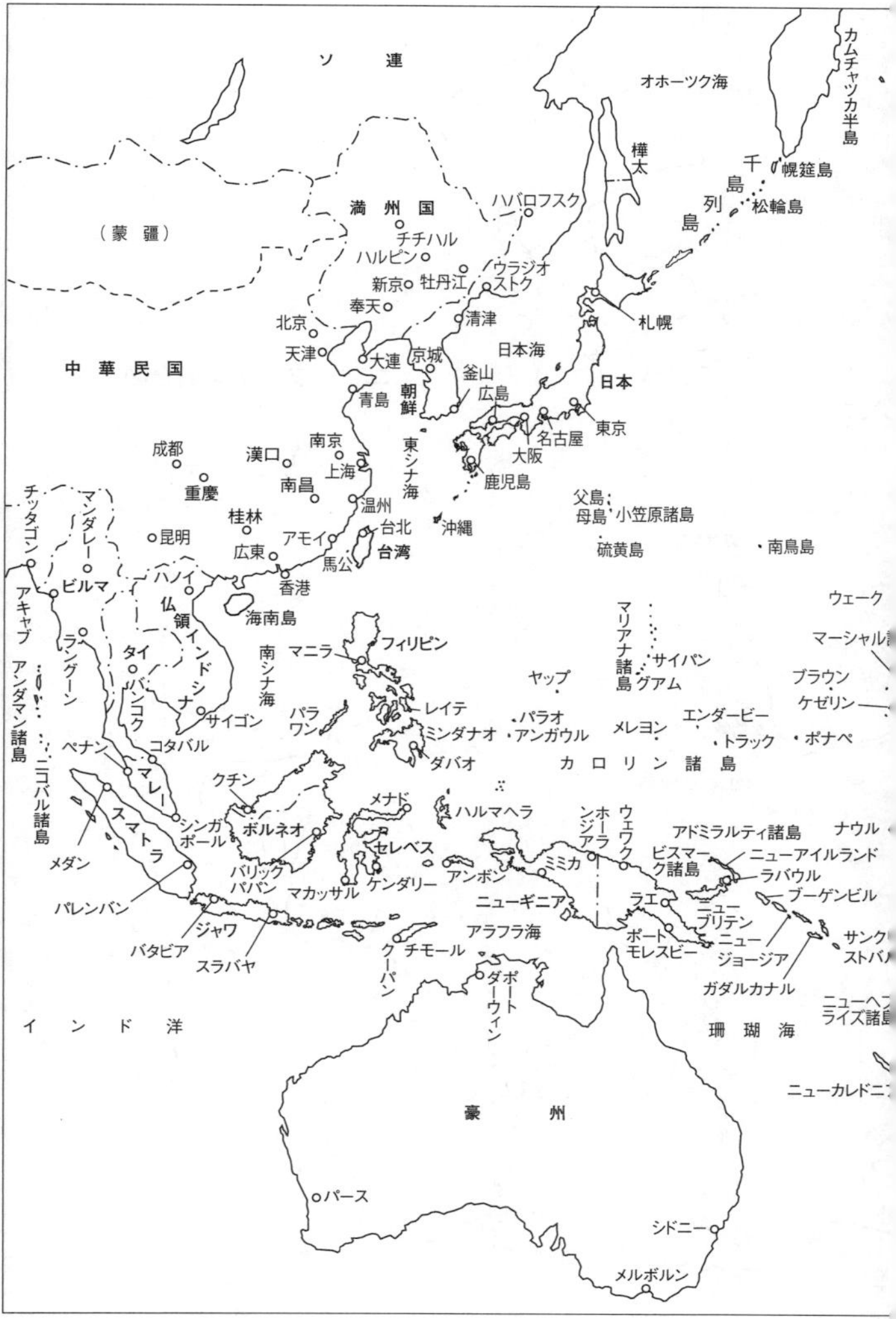
ソ　連
オホーツク海
カムチャツカ半島
樺太
千島列島
幌筵島
松輪島
満州国
（蒙　疆）
ハバロフスク
チチハル
ハルビン
新京
牡丹江
ウラジオストク
奉天
北京
清津
札幌
中華民国
天津
大連
京城
日本海
釜山
日本
朝鮮
青島
広島
東京
名古屋
大阪
成都
漢口
南京
上海
東シナ海
鹿児島
重慶
南昌
温州
父島
母島
小笠原諸島
チッタゴン
マンダレー
桂林
昆明
アモイ
台北
沖縄
台湾
硫黄島
南鳥島
広東
馬公
香港
ハノイ
アキャブ
ビルマ
仏領インドシナ
海南島
ウェーク
マリアナ諸島
マーシャル諸島
ラングーン
タイ
南シナ海
マニラ
フィリピン
サイパン
バンコク
ヤップ
グアム
ブラウン
ケゼリン
アンダマン諸島
サイゴン
パラワン
レイテ
パラオ
エンダービー
ミンダナオ
アンガウル
メレヨン
トラック
ポナペ
ニコバル諸島
ペナン
コタバル
ダバオ
カロリン諸島
マレー
クチン
メナド
ハルマヘラ
ホーランジア
ウェワク
スマトラ
シンガポール
ボルネオ
アドミラルティ諸島
ナウル
セレベス
ミミカ
ビスマーク諸島
ニューアイルランド
メダン
バリックパパン
アンボン
ラバウル
ケンダリー
マカッサル
ニューギニア
ラエ
ブーゲンビル
パレンバン
ニューブリテン
ジャワ
アラフラ海
ポートモレスビー
ニュージョージア
サンクリストバル
バタビア
スラバヤ
クーパン
チモール
ポートダーウィン
ガダルカナル
ニューヘブライズ諸島
インド洋
珊瑚海
ニューカレドニア
豪州
パース
シドニー
メルボルン

ニューブリテン島全図
0
60km
N
ヨーク公島
ウル島
ガゼル岬
金鯱岬
38 師団司令部
ガバンガ
ウィローメッツ半島
ホルマン岬
バルバイ
カウ
コメット岬
アガリバチネ
（オーギッニ）
タラセア
カドカ
タラコネ
ギムベ湾
ヌモンド
マラリア
（ガブブ）
コマンドル湾
オハイ
ロボボ島
ビデオロ
ウラモア
マテドア
オープン湾
ランベルト岬
マッサバ
ポンド
トリウ
シナップ
ラバウル
ココッポ
ワランゴエ
アドラー湾
アーチウェー岬
ワイド湾
ズンゲン
オルホード岬
ジャキノット
ジャキノット湾
トルル川
アミュ
リンデン
ガスマタ
スルミ
メーウェ
ディディモップ

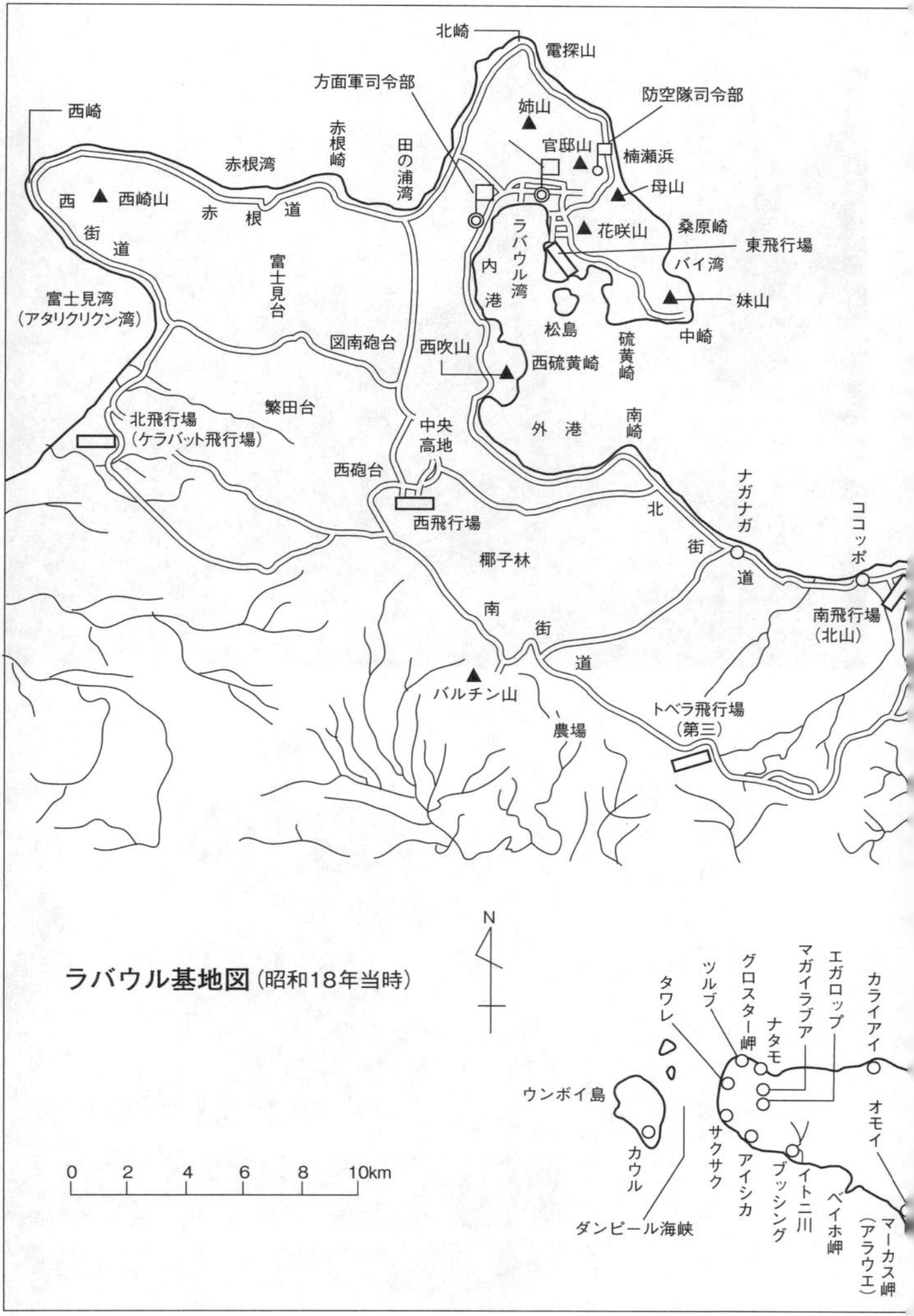

ラバウル基地図（昭和18年当時）

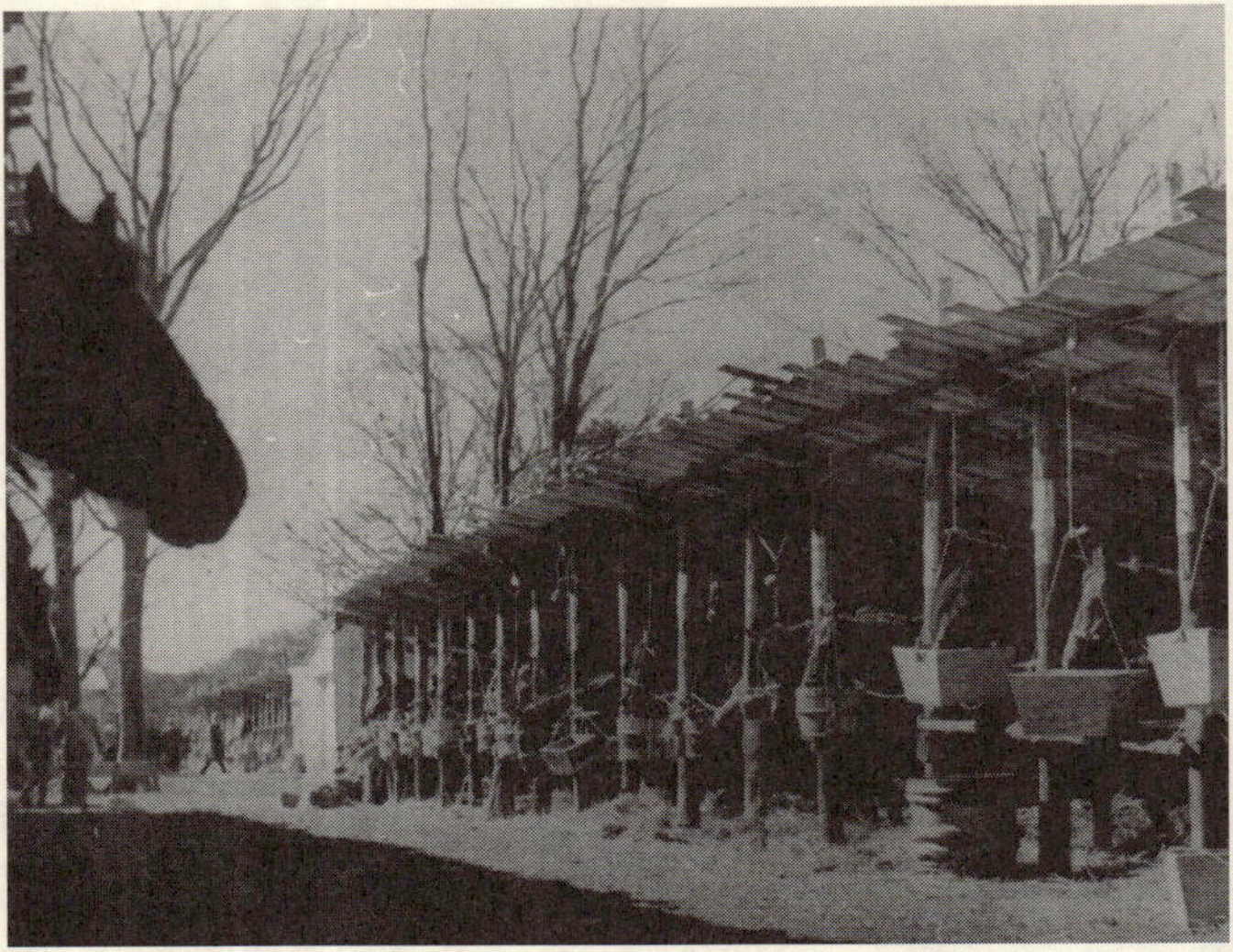

上写真は内地の陸軍厩舎の軍馬。右写真は昭和15年、大学内馬場で福愛号に騎乗する著者。著者は第三十八師団山砲第三十八連隊に配属された。当時はガダルカナル攻防の渦中にあり、多くの物資がラバウルに集積された。復員まで足かけ5年の勤務となる。

ラバウル獣医戦記

若き陸軍獣医大尉の最前線の戦い

第一部

ラバウル上陸まで

命令受領

昭和十七年十一月七日、陸軍獣医学校の乙種学生の第三十六期の卒業式があり、このとき正式に新任務の下達がありました。じつはこれより数日前の卒業祝賀の雅叙園での宴席で内命的に知らされておりましたが、それは南方の砲兵隊付ということだけでした。

　正式にいただいてみますと、それは山砲兵第三十八連隊でした。当時部隊（師団）の編成として砲兵、工兵、輜《し》重《ちょう》などの特科部隊は師団に一個連隊のみでしたので、山砲兵第三十八連隊ということは即第三十八師団ということでした。この師団は名古屋の第三師団が編成動員担当で、主として愛知、静岡、岐阜三県出身の兵士で占められておりました。

　これは部隊に着任してわかったことですが、この師団は日支事変の最中、昭和十四年頃編成され、初めのうちは南支那、主として現在の広州西郊の仏山に駐留して治安を保つという、いわゆる警備師団（防諜名沼兵団）で、装備も二流の部隊でした。それが太平洋戦争のため、第一線の作戦部隊に格上げされ、砲兵部隊も当時の野砲兵連隊から山砲兵連隊と改編されました。しかし、名称は山砲兵連隊でも第一、第二中隊は山砲、第三中隊は十糎《センチ》榴弾砲中隊でした。三コ中隊で第一大隊。以下、同じような編成で第二、第三大隊となっておりました。太平洋戦争では、この師団は香港攻略戦に参加し、ついで当時の仏印、現在のベトナムに上陸、さらに南下して、ジャワ、スマトラなど蘭印攻略戦の第一線部隊として参加しております。

ここでしばらく駐留していたところ、昭和十七年の春頃から例のソロモン群島のガダルカナルの飛行場で、まず海軍部隊が占領建設後に、米軍に上陸され全滅いたしました。そこで陸軍の増援となり、旅団単位の部隊（南海支隊、一木支隊など）が増派されましたが、強大な米軍海兵隊の敵ではなく、仙台の第二師団（勇兵団）が派遣されましたが、これまた撃破され、最後にわが第三十八師団（沼兵団）の追派遣となったわけです。

私が命令を受けた昭和十七年の十一月頃は、師団は一部はすでにガダルカナルに上陸させたものの、主力部隊はまだラバウルにおり、ガ島上陸の機をうかがっていた時でした。当時私は命令はもらったものの、こんな事情はまったくわからぬままに、当時の規定として正式に命令を受けると、七日以内に新任地に向けて出発することになっておりましたので、規則通りまず編成担任の名古屋の第三師団の留守部隊に出向き、任地を尋ねました。

　このとき将校（私は東大卒で、いきなり獣医中尉でした）には当然、兵隊が当番兵としてつくのですが、部隊着任前のこととて単身行動ですから、三十キロの将校行李をかつぎながらの旅程に難渋しました。ところが、名古屋師団でも沼部隊は、どうやら東に向けて出発したらしいということを摑《つか》んでいるだけで、その後の消息はまったく不明とのことでした。

　そこでどこへ向けて出発してよいか分からず困ってしまったのですが、留守師団参謀が東京の陸軍省の大学の先輩の荒井中佐へ連絡を取ってくれたところ、行き先が分かったので、ひとまず東京へ帰って来いということになりました。そこでふたたび三十キロの行李を一人で担いで東京に帰り、陸軍省に出頭したところ、荒井中佐が地図を示して、「君の行くべき部隊の駐留地はラバウルである」と指示されました。

　私の留守部隊である近衛野砲兵連隊の留守部隊に出頭し、この旨をつげて連隊副官に旅券の発行を依頼しました。ところが、この連隊副官はまったく話が分からず、「ひとまず部隊がこれまでいたジャワかスマトラへ行け。そのためにはまずシンガポール（当時の昭南）へ行け」といってききません。そこで私はふたたび荒井中佐にお願いして連隊副官を説得してもらい、やっとラバウル直行を承諾させました。

　当時、南方海域は米軍の潜水艦がウヨウヨしており、後で聞いたことですが、昭南からラバウルに追及して来た或る将校は、途中で三回魚雷攻撃を受け、三度泳いで、ラバウルに着いた時はすっかり荷物を失って着のみ着のままの状態であったとのことでした。これほどまでとは知りませんでしたが、私は何よりも一日も早く部隊に追及したい一心で直行を希望していました。

やっと希望通り直行できることになり、乗船は十一月二十三日、宇品港よりときまりました。そこで数日間の余裕ができたので、途中にある郷里の岡山へ寄ることにしました。

じつは私は卒業式直前の十月二十四日に陸軍の許可を得て結婚し、経堂の知人宅に妻を呼び寄せておりました。この間、私自身は陸軍獣医学校わきに下宿して登校し、かたじけなくも昭和十七年度の陸軍獣医学校の首席卒業のゆえをもって恩賜の銀時計を賜わることになり、毎日卒業式のための御前講演の練習に明け暮れ、ときどきヒマを見て妻を尋ねましたが、合計して数日しか会っていなかったので、再会できたのは幸いでした。

この間、親戚の壮行会やら、中学時代の恩師を尋ねるなど、ほとんど毎日が酒の連続ですっかり胃も重くなり、また、陸軍獣医学校時代すでに食糧事情はかなり悪化して、シボラれた割には食生活が貧しく、自分でも分かるほど体力は減退しておりました。こんな状態で宇品を出発したわけでした。

輸送船

乗船できたのは、「秋津山丸」（あきつ丸）という一万トンクラスの船で、船名を聞いたときは一般的な徴用の商船と考えていましたが、乗ってみて驚いたことに、じつは小型航空母艦で甲板は飛行甲板になっており、下部船艙には大型上陸用舟艇である〝大発〟がギッシリ詰まっており、船尾が捕鯨船の尾門と同様に開くようになっていて、飛行機の輸送船兼、完全な上陸用舟艇の母艦となっておりました。

これは民間の船を建造途中から徴用し、軍用向けに作り変えたという話でした。しかもこの船は、ラバウル及び南方に向かう二つの軍司令部（第八方面軍と第十八軍）要員を運ぶ目的で就航したわけで、私は単なる便乗者でした。

船は十七年十一月二十三日の午前二時半頃、宇品を出港し、夜が明けて甲板に出てみると、すでに豊後水道を通りぬけ、九州東岸をひたすら南下しており、この頃から両側に一等駆逐艦が一隻ずつ計二隻、ピッタリとついて護衛してくれておりました。最初はこんな厳重な護衛が何のためか分かりませんでしたが、たまたま第八方面軍の獣医部高級部員として湯川中佐が乗船しておられました。

湯川中佐は新任務着任の挨拶回りをしておられたとき、陸軍省でお目にかかりましたが、まさか同じ船に乗り合わせるとは思いませんでした。中佐のお話によれば、この船はじつは第八方面のほかに隷下（指揮下）の司令部要員の将校と軍属ばかりを乗せており、一般の兵隊は、この船の乗組員の「暁部隊」の砲兵隊の兵士のみとのことでした。

この第八方面軍（剛部隊）は、第十七軍（沖部隊）と第十八軍（猛部隊）の二コ軍と軍の直轄部隊とから成り、オーストラリア攻略用の目的で編成されました。このオーストラリア占領は、結論的にはかなり無謀といえる計画ですが、当時の陸軍とすれば、緒戦の勢いから可能とも考えられたのかも知れません。

船は十八ノットという当時とすれば軍艦なみの速力で南下を続け、船の右舷にかすかに見えていた九州の山々も次第にかすみ、ついに視界から消えたときは、ふたたび日本の姿を見ることはないであろうとしみじみと感慨を催しました。船は一気に南下してわずか一週間でラバウルに着きました。到着は昭和十七年十二月一日の夜半でした。

わずか一週間の道中でしたが、船中ではまったく食って寝るだけの生活で、まことに退屈そのものでした。そのうえ話し相手もなく、日中は甲板に出てポカンと航跡の白い波や水平線を眺める毎日でした。ときには乗り組みの船員が延縄《はえなわ》漁をやっておりましたが、途中ついに一匹も獲《と》れなかったようでした。この退屈を破ってくれるものは、ときどきあった対潜水艦演習と対空演習くらいなものでした。これは船に乗り組んでいる暁部隊の砲兵隊の仕事でした。

暁部隊というのは、太平洋戦争になって初めて広島の第五師団で編成された部隊で、いってみれば米軍の海兵隊的な部隊でした。主として前述の〝大発〟を運転して兵隊や物資の海上輸送や上陸、砲兵は分隊や小隊に分かれて一般の各輸送船の対潜水艦、対空用の防衛が主な任務のようでした。

特に工兵隊は特異的で、主として独立中隊として編成され、独立工兵中隊、略して「独工」といえば泣く子も黙るほどの猛者《もさ》連として恐れられ、物資の輸送時にはカッパライなどかなり悪いこともしたようでした。

秋津山丸（あきつ丸）は陸軍の船だったせいか、積んでいた火砲も陸軍用の野砲、それも旧式の三八式野砲という第一線の陸戦にはむしろ向かないものでしたが、これはもっぱら対潜用ということで、毎日時間をきめて演習しており、一日一回だけ実包射撃を行なっておりました。

しかし、この船が敵潜水艦をさけるためにはかなり気を使ったようで、いわゆるジグザグ行進を行なって方向をまぎらわす行動を取り、また船内の生活で出た「ゴミ」の投棄も、航跡を残すのを懸念し、夜間まとめて行なっておりました。また、敵の潜水艦は島陰にひそんでいることが多いので、意識して島を避け、ラバウルに着くまで島影一つ見ませんでした。

船内の食事は高級船客用の大食堂で、整然とテーブルセットされているところへ順次入って席に着き、かなり高級な御馳走で、内地の部隊の将校食堂ではなかなかお目にかかれない内容のものでした。初めのうちこそ喜んで食べていましたが、そのうち極度の運動不足に、乗船直前の不摂生、一般的な体力減退と相俟《ま》ってまったく食欲がわかず、食事の声を聞いてもむしろ苦痛なくらいでした。しかし、これも束の間の贅沢でしたが。

船は幸いにも敵の潜水艦にも飛行機にも遭遇することなく、昭和十七年十二月一日の朝が明けたとき、船が停まっており、そこがラバウル港でした。ラバウル港は火山火口そのものが港になっているので大変深く、天然の良港です。

広い港には、大小の軍艦や輸送船が港狭しと並び、その間を舟艇や艀《はしけ》が行きかい、じつに壮観としかいいようのない状況でした。当時の国力の三分の二にも及ぶ物資を投入したといわれるほどですから、当時のラバウル周辺の海岸線に積み上げられた弾薬及び軍需物資の量は、われわれも目を見張るほどのものでした。

遠くから海岸線を見ると、一見内地の海岸と変わらない感じでしたが、艀で上陸して見ると、海岸の木はほとんど「ココ椰子」の木で、まったく異なった景色に今さらのように驚いた次第です。しかも港の上陸点の砂上に、アチコチと大小の擂《す》り鉢状の爆弾痕があいており、やはり戦地に来たという実感が初めて湧いた次第です。

田の浦地区

部隊着任

陸軍獣医学校（陸獣）時代しばしば聞かされたのは、〝紫〟の団結ということでした。旧陸軍では、兵科や各部を識別するために軍服の襟にそれぞれ兵科を色わけした、いわゆる襟章をつけておりました。歩兵赤、騎兵浅緑、砲兵黄、工兵鳶色（茶褐）、輜重紺青、航空浅青で、このほか各部では軍医濃緑、獣医紫、主計浅灰色などです。

この標識は、日支事変の初期、防諜上不利であると、色そのものは変わりませんでしたが、大きさを小さく山型にして左の胸に着け、それと共に肩につけていた階級章も小型にして襟につけるようになりました。いずれにしても、紫は獣医部を示し、紫の団結の必要性が強調され、困った時はいつでも最寄りの獣医のいるところへ行くようにと教育されたものでした。

いよいよ上陸したものの、西も東もまったく不明で、どこに行ったら自分の部隊に着けるやら皆目見当もつかず困ってしまったので、このことを思い出し、まず兵站《へいたん》司令部の獣医部を聞き、ここに飛び込んだわけです。昼食を御馳走になりながら目的の部隊の位置を尋ねると、この頃は部隊の移動がはげしく、よく分からないという話でがっかりしました。

そこを出て歩いておりますと、兵站病馬廠の看板が目に入り、ここでも行き先を聞いたところ、「細かいことは分からないが、第三十八師団なら近くに司令部があるからそこへ行け」との答をもらいました。当時は防諜上、部隊の呼び方は一般には防諜名で呼ばれ、固有の名称である第三十八師団とか、山砲第三十八連隊とかの名は内部の者、しかも将校ぐらいしか知らず、外部の兵隊はもっぱら防諜名の沼兵団、または当時の師団長の名前をとって影佐兵団とか呼ばれておりました。

一方、内地から直行した私は、部隊の通称名はまったく知らなかったわけです。それで司令部に辿《たど》り着くのに大変苦労して、やっと探し当てました。ここまで来ればしめたもので、私の行き先である山砲第三十八連隊の居場所は、山一つ越えた田の浦地区（現地名）と分かりました。ラバウルに田の浦があるとは驚きでしたが、ここは海軍が初めて占領したとき、ラバウルを横須賀になぞらえ、内地の横須賀の山一つ越えた地区の「田の浦」の地名をとって名づけたものとわかりました。

「そこまで歩いて行くのは大変だから、ヒッチハイクで行け」と言われ、道端に出て通りかかる自動車を待つことしばし、やっと海軍のトラックに便乗して部隊前でおろしてもらいました。この当時、山砲隊では連隊長以下主力はまだラバウルにおりましたので、直ちに到着を申告し、各大隊長にも申告して回り、やっと目的の連隊本部の将校幕舎に到着した時は夜もすっかり更《ふ》け、八時頃だったと記憶しております。部隊は上陸して間がないので、宿舎も天幕ぐらしでした。

ここに着いて連隊本部の将校連中に挨拶してホッとして自分の居場所についた頃、当番兵が飯盒で特別に飯を炊いて出してくれたのがいわゆる外米で、細長く赤い米の混じったバサバサの飯でした。それに佃煮の副食だけという夕食でしたが、遅れていたために大変空腹で、久しぶりに全部平らげた次第でした。

私は元来、飯は軟《やわ》らかめの方が好みで、箸にもかからないパサパサの外米は嫌いな方でしたが、すき腹にまずい物なしという諺の通りでした。つい今朝まで続いた輸送船の食事にくらべて何とも貧しい夕食だったわけですが、こんな食事でも不足がちのラバウルの連中にとっては大変魅力だったらしく、軍医さんはじめ連隊本部の将校諸氏のいかにも物ほしげな眼差しを感じての食事でした。

宿舎の天幕は十名ほどの人が二列に寝られるくらいの大きさで、内部が蚊帳張りとなっており、地面には茅萱《ちがや》を敷きつめ、この上に帆布を敷いたばかりの野戦幕舎で、これが私の戦地での第一夜となった次第でした。

前述した通り師団の約半数はすでにガダルカナル島に上陸しており、第二師団と共に苦戦していたのですが、ガダルカナル飛行場は完全に占領され、制空権も完全に敵に握られているため、兵器・弾薬の補給がほとんど不可能で、輸送船がまったく近づけない状態でした。じつは師団の上陸そのものも、乗って行った十一隻の一万トンクラスの輸送船が全部沈められ、兵員は辛くも泳ぎながら上陸できたのですが、大砲や弾薬、食糧といった物資の揚陸はほとんど不可能だったため、上陸した兵士は捨子同然の有様でした。

師団の主力は、ラバウルでいつでも追及する構えでいたわけですが、輸送すべき船舶の手当と、完全に輸送できる見通しが立たず、荏苒《じんぜん》日を過ごす状態でした。また一方、歩兵一個連隊と砲兵の第一大隊は、駆逐艦に乗って暗夜にまぎれニューギニアへ増援に行ったのですが、これまた上陸を敵機に阻まれ、大砲だけを海中に投棄して、こちらも辛くも引き返した直後のところへ私が着任の挨拶に行ったような状態でした。

しかし、それでもいつでも追及できるようにするため、増援部隊と、残留部隊に分けられ、残留部隊は各連隊の獣医部将校の上級者が指揮を取り、軍馬と若干の取扱兵、それに病人と梱包を守るのが主任務で、これを獣医部長が師団全部の残留隊長となって全責任を取ることになりました。したがって、これ以外の兵は軍医も主計もすべてガダルカナル、またはニューギニアへ追及することになったわけです。

ここで変な現象が現われました。それは当時陸軍では、将校には一名ずつ生活上の面倒をみる当番兵がつき、食事、洗濯など隊内での世話をしてくれる仕組みになっていましたが、獣医官の当番の志願者が急増したという噂が拡がりました。これは笑えない話ですが、兵隊の心境とすれば、獣医官にさえ付いていれば、少なくともガダルカナルへもニューギニアにも行かずにすみ、安全であろうという気持が働いたせいではなかったでしょうか。

師団のほとんどの部隊は、海岸沿いのココ椰子林の中に宿営しておりました。椰子の高さは十〜十五メートルで、この中にいると適当に日射しが避けられ、また対空の遮蔽にもなり、好適でした。しかし、気をつけなければならないのは椰子の実と葉です。十〜二十メートルの高さから熟した実や、落葉が降って、これが下を通る人の頭に当たれば、脳震盪《のうしんとう》を起こして卒倒すること間違いなし。

また、葉も柄元から葉先まで二メートル以上あり、この柄が肩に当たって肩が脱臼した兵隊もあり、外を歩く時は防暑帽を必着するよう会報が出たほどでした。防暑帽は戦闘帽（略帽）とちがって、かなりショック防止作用があり、頭を直撃されても卒倒するほどのことはあるまいと思いました。とにかく「ヒュッ」という音と共に落下する実や葉は、最初のうちはかなり気にかかるものでした。

ラバウルは、どうも飲み水が良くないらしく、「ラバウルの朝下痢」という言葉がありま
す。尾籠《びろう》な話で大変恐縮ですが、ほとんどの人が下痢をする。しかも一日一回の便通の人でも下痢であることです。私は前にも申し上げたようにあまり体調が良くなかった上に、生来、腸が丈夫でない方でしたので、到着二日目くらいから、朝下痢ならぬ下痢つづきにずっと苦しめられました。

とにかく、腹の調子はいつもすっきりせず、一日に三～四回は便所通いが続きました。こんな体調でしたが、一地区にじっと宿営しているだけの生活でしたので、何とか勤まっておりました。私の昭和十七年暮れから昭和二十一年五月の復員までの足かけ五年のラバウル勤務の間、腹工合が気にならなくなったのは、後年の二年くらいであったような気がします。

私ども獣医部将校の本業は、軍馬の衛生管理ですが、当時砲兵隊はもちろん、歩兵隊も輜《し》重《ちょう》もすべて軍馬を保管しておりました。この軍馬の管理が大変な仕事でした。まず第一に馬糧飼料が不足致しました。軍馬の飼料は内地では燕麦《えんばく》（からす麦）が主食で、これに乾草と稲藁《わら》が副食といったところでした。ところが、戦地では燕麦の方は最初のうちこそどうにか定量が渡されましたが、乾草や稲藁といったものは嵩《かさ》ばかりかかりますので、とても輸送は期待などできません。これらはすべて現地調達が原則でした。

ところが、ラバウルの現地では宿営地周辺には椰子林か熱帯雨林のジャングルか疎林ばか

りで、利用可能な草はほとんど見当たりません。したがって、主として追送の燕麦と少量の圧縮乾草を与えておりました。軍馬をつないだ臨時の厩舎《きゅうしゃ》は、海岸沿いの椰子林の中に建ててありましたが、下は砂地のままで、馬には麦袋で燕麦を与えておりました。これは行軍中の馬糧の給与方式です。麦袋には紐がついていて、これを頭絡（馬の頭部に装着して馬をつなぐもの）の下から馬の頭に掛けて、この中に麦を入れて与えるわけです。

馴れた軍馬ですと、この状態で上手に喰い、最後に少量残ると器用に頭を上下して反動をつけ、麦が口に入るようにして食べます。ところが、当時の軍馬は内地から連れて来たものは約半数以下で、主力はジャワ、スマトラで押収したオランダ軍の軍馬で、出生地はオーストラリア産でした。それで日本軍の飼養方式に馴れておらず、ずいぶん麦をこぼしておりました。量も少ないので、このこぼした麦を必死になって拾って食べておりました。

これが問題で、麦は海岸の砂の上に落ちているため、どうしても麦と共に砂も食べてしまいました。その結果、私が到着して一週間もたった頃、各部隊の馬が腹痛をおこし苦しみはじめました。馬の腹痛は専門用語で「疝痛《せんつう》」と言い、馬のもっとも多い病気の一つです。原因は種々ありますが、今回はおそらく砂を食べたための「砂疝」という病気であろうと見当をつけ、種々治療したのですが、まず一頭が死にました。

解剖して驚いたことに、腸の中に大量の砂がたまっておりました。全部合わせると大きなバケツ一杯にもなり、これでは治療の方法がなく、もっぱら砂を食べさせないよう部隊中に注意を喚起した次第ですが、なにぶん環境が悪いので抜本的な対策とてなく、この宿営地だけでも、砲兵隊のみで十頭くらいの斃死馬を出してしまいました。

さて話は変わりますが、部隊に到着して三日後、軍司令部に申告のためラバウル市内に出掛けました。着任と反対のコースで、やはりヒッチハイクで行きました。軍司令部の獣医部で申告の後、市内見物をこころみました。今度は部隊に着任して落ちついていましたので、ラバウル市内の様子もかなりゆっくりと見物できました。

ラバウルはドイツの開いた港町ですが、町といっても大きな道路が海岸に沿って走っているだけで、家もこの両側にポツンポツンと建っており、内地のようにギッシリと建ち並んだ家並みなどとはまったく異なった風景です。それでも中国人街がこのラバウルにもありまして、この地区ばかりはいささか人家も多い感じでした。

ここにも小さな百貨店のようなものがあり、中国人のための物資が売られていたので、ちょっと入ってみることにしました。我々に利用できるものは何もなく、見物だけで何も買わずに店を出たのですが、フト気がつくと、私の懐中時計が鎖を切られスリ取られておりました。店には人はほとんどおらず、どこで切り取られたかまったく気がつかず、じつに間のぬけた話でした。これ以来、私はずっと時計なしで戦地生活を送ったわけですが、私の経験では、戦闘任務のない勤務では、時計はかならずしも必要のないことを身をもって体験した次第でした。

それでもラバウルへ出たついでに当時開設されたばかりの偕行社（将校用の被服、装備などを売り、また親睦を図るところ）へ行き、たまたま目についた将校用夏服地を一着分買って帰りました。これは当時、別に必要ではなかったのですが、衝動的に買ってしまったわけです。ところが、これが私のラバウル滞在中、大変に役立った次第です。と申しますのは、ラバウルは音に聞こえたマラリアの濃厚汚染地域で、私も到着して一ヵ月以内にマラリアの三日熱にも熱帯熱にもかかり、おまけにデング熱にも感染しました。

デング熱の方は四十一度にも達する高熱でしたが、これは一回限りの発熱で終わりました。マラリアの方は戦地にいる間中かかりっぱなしで、内地に復員してからも二度まで発病したほどでした。マラリアにかかりますと、当然軍医さんが薬をくれます。マラリアの特効薬はキニーネということになっておりますが、キニーネは最初のうちこそ飲み薬でも注射薬でもよく効《き》き、解熱しました。しかし、次第にキニーネ耐性の原虫が増えてきて、この薬はほとんど効かなくなっておりました。

こんなマラリアにも、さらに有効な特効薬が開発されておりました。それがドイツで開発されたアテブリンとプラスモフインの二種類でした。この薬は貴重品で、最初のうちこそ軍医さんは、比較的気安くくれましたが、だんだん出し渋るようになって来ました。薬を実際に管理しているのは、軍医付の衛生兵の下士官で、しかもこの下士官の実権は大したものでした。この現象はどの部隊、どの各部でも共通でした。

さて、私が着任して一年以上たった頃でしたが、たまたま砲兵隊付の衛生曹長が昇任して准尉（特務曹長）になりました。一般に下士官が准尉になりますと、軍服はこれまでの官給の兵隊用の軍服ではなく、自前の将校用の緑がかった軍服が着られるわけです。生涯を軍隊生活にささげた下士官出身者のまず第一の目標は、私服の軍服の着られることのようでした。ところが、念願かなってそれが着られる身分になったとき、状況は一変し、ラバウルは敵の重囲下、補給はまったく絶たれ、軍服地などとても望めない状況でした。

こんなとき彼はどこでどう聞いたのか、私が服地を一着分持っていることを知り、それから彼の服地ねだりの日参が始まりました。「どうしても分けてほしい」とせがまれて、私は悪いこととは知りながら、「マラリア薬とならば交換してもよい」と申し出たところ、彼はやむなく承知してくれました。これが私をマラリアから護ってくれ、どうにか無事復員できたのは、まったくこの薬のお陰でした。

彼はさっそく出征前、紳士服縫製に従事していた者を兵隊の中から見つけ、計理室が持っていたミシンを借用して立派な軍服を仕立てさせ、誇らしげに新調の軍服を着て私のところへ挨拶に来たものでした。

このマラリアの特効薬がいかに貴重であったかというと、ラバウルがすっかり敵に包囲され、補給が絶たれた後、たまたま新司偵（新型の司令部直属の偵察機）が破損機の部品をかき集めて一機だけ組み立てられておりました。この飛行機は、長距離の偵察用のため武装はなく、ただカメラだけを積んだきわめて軽装でしたが、足が長くラバウルから内南洋のトラック島まで一気に飛行できる能力を持っておりました。

この組み立てられた新司偵の任務はトラック島まで飛んで、そこまでは来ていたマラリア薬のアテブリン錠を運んで来ることで、実際にこの飛行機はこの任務を見事にやりとげました。この一事を見ても、このマラリア特効薬の意義がおわかりのことと思います。

ガバンガ地区へ移動

連隊本部付

師団はガダルカナル追及部隊と残留部隊とに一応分けたものの、実際には出発できず、またその見通しも立てられぬまま一ヵ月あまりたってしまいました。この間、実際の指揮は本来の部隊長が握っておりました。

前述の通り「田の浦」地区は、あくまでガダルカナル追及までの仮りの宿舎であり、大きな部隊が、しかも軍馬を多数かかえて長く駐留できる地勢ではありませんでした。そこでやむなく師団の主力は、もっと土地の広いガバンガ地区に移動することになりました。ここで真っ先に問題になるのは、生活用の水の確保でした。

物心ついて以来、どこへ行っても生活用の水に不自由した経験のまったくなかった私は、戦地へ来て初めて水の貴重さを痛感しました。その後、ラバウル地区にいた間中、何回となく宿営地の移動を経験しましたが、そのたびに真っ先に派遣されるのが生活用水確保のための偵察隊でした。

その次は軍馬の飼料用の草の確保でした。この二つが宿営地選定の二大要素でした。しかし、第一要素の水は絶対条件で、どうにか確保されたものの、第二の草はかならずしも確保されず、これが後々われわれの軍馬保持の苦労の種となった次第です。

一般にラバウル地区といっても、かなり広い地域にわたって我々は分散しておりました。そもそもラバウルは、旧ドイツの植民地で、第一次大戦後オーストラリアの委任統治領となったニューブリテン島の首都で、ちょっと西へ行けばニューギニア島（現パプア島）、また南に行けばソロモン群島となり、これらの中央に当たっていたので、この方面の総括のため、第八方面軍の司令部が置かれ、海軍の方も艦隊の司令部や根拠地司令部などが置かれていたわけです。

このニューブリテン島は、ほぼバナナのような形をしており、ラバウルは柄の部分に当たっておりました。最初のうちと、最後の終戦時の布陣は、このバナナの柄の部分に陸軍、海軍合わせて八万の大軍がたてこもりました。この占領地積の広さは、ほぼ淡路島程度と聞いております。

この中心がラバウル市で、我々の第三十八師団は主としてラバウルの北東地区を、また後に中国大陸から転戦して来た岡山編成の第十七師団（月兵団）は北西地区を防衛しておりました。わが師団が初めて移動したガバンガ地区は、東北地区の海岸線の一部で、ラバウルからは直線距離で三十〜四十キロくらい離れており、結局、わが師団はこの地区を中心に最後まで張りついてしまった次第です。

移動はすべて自動車によりました。当時部隊はジャワ、スマトラ戦を経験しておりましたので、オランダ軍のトラックを多数押収・保持しており、しかもジャワ島はオランダ流に道路が良く、ここでの経験から自動車の扱いに熟達していましたので、兵員も軍馬もすべてトラックで輸送しました。移動は軍馬をトラックに乗せるのが大変なくらいで、積み込みが終われば、この時期は乾期に当たっていて道路の傷みがなく、敵機の来襲も当時は夜間のみという程度で、比較的スムースに完了しました。

ガバンガ地区はガゼル半島に囲まれた湾状の海岸線地区で、一帯はすべてココ椰子の植林で、行けども行けども椰子林でした。これらの椰子はほとんどドイツ人による植林で、それをオーストラリアが受けついだ様子でした。

私どもの砲兵連隊本部を置いたところは、占領までオーストラリア人の椰子林の管理人たちがいたところとかで、数軒の家が建っており、われわれ将校連中はここへ入りました。兵舎や馬の厩舎はすべて現地の椰子、竹、草などの資材での急造でした。宿舎の柱はビロウ樹の幹、屋根はココ椰子の葉を編んで重ねたもの、床は青竹を潰して一枚板にしたもの、手のこんだものは屋根に茅萱を葺《ふ》いておりました。

　現地に到着した翌日、馬に乗って付近の偵察を兼ねて散歩致しました。帰途、まったくの山の中に一軒だけ人家があるのに気づきました。後で聞くと、これは中国人のものだそうです。こんな人里離れたところへ、しかも一軒だけで住みつく中国人の逞《たくま》しさに驚き入った次第です。我々は集団で来て海の見渡せるところで祖国の方を眺め、遙けくも来つるものかなと感慨に浸っていたので、彼らの生活力の凄まじさに、今さらながら感じ入りました。これらの中国人は、戦況が激しくなってから一時戦争の影響のない山奥へ移動していたらしく、終戦と共にまた、ラバウル市を中心に復帰したようです。

　このガバンガ地区は、中央部に幅五～六メートルくらいの川があり、我々はこの川の水が目あてで引っ越して来たわけです。ところが、この川はじつはマラリア原虫の媒介者であるハマダラ蚊の巣窟《そうくつ》でありました。私は到着後一週間ほどで、さっそく第一回目の発熱に見舞われました。これが皮切りで、後は何かがあると熱発を繰り返し、戦地にいる間中、このマラリアとは縁が切れませんでした。

　これは私のみでなく、ラバウル戦線の兵士のほとんど全員が体験したことでした。ただ、体力のあった人は数回の熱発後、耐性ができて、それほど頻繁には発病しなかっただけで、体内にはいつもマラリア原虫をかかえており、いつ爆発するか分からない時限爆弾を背負ったような日々でした。

第二大隊付

ガバンガ地区に来てさっそくマラリア、デング熱と、一応熱病を経験して落ち着いた頃、連隊本部の高級獣医官であった、私の上官の山本大尉が転任となり、中国大陸の部隊へ向けて出発すべく内地へ一時帰国しました。それで次席の第二大隊付の藤井中尉が連隊本部付となり、私は代わりに第二大隊付となりました。じつは、第二大隊は連隊本部のすぐ隣の地区であったため、地理的には大して移動することなく、私は第二大隊本部の将校宿舎に移りました。

この宿舎は海岸のすぐ近くにあり、大変景色の良いところでした。しかし、ちょうどこの頃はデング、マラリアなどの熱発後の後遺症ともいうべき重症の黄疸に悩まされておりました。経験のある方は御理解いただけると思いますが、黄疸は肝臓の病気ですので、ひどい食欲不振に陥っていました。

当時はまだ内地からの追送品もやや潤沢であり、そのうえ部隊が香港、ジャワ戦の経験部隊であったため、押収の物や、オーストラリア産のクラフトチーズなども持っており、また、ときどき前の海からボラなどを取って、ラバウル生活の中ではもっとも食糧に恵まれていた時代であったにもかかわらず、食事の声を聞き、見ただけで胸がムカムカする始末でした。

ボラ漁は戦地独得のもので、海岸線から続く珊瑚礁を眺めておりますと、ボラの若魚の体長十五～二十センチのイナともいわれる魚が群れを作って回遊しております。この群れの中心と思われるところへ手榴弾を投げ込むのです。この爆発の衝撃で魚が一時失神し、腹を上に向けて浮上したり、底に沈んだりします。それを岸で待機していた兵隊が飛び込み、膝くらいの海水中から魚を拾い上げる漁法です。手榴弾一発で、うまく行けばバケツ一パイくらいの魚が取れたものでした。

しかし、我々の部隊は砲兵で、歩兵のように手榴弾戦技は訓練されておらず、そのうえ当時は特に経験不足の補充兵が多くいて、ときとしては前方に投げるべき手榴弾を、つい手元が狂って後方に落としてしまい、そんなときはすぐ伏せて姿勢を低くしてさえいれば大体大丈夫なものを、訓練不足の哀しさ、気も転倒して一目散に走って逃げる始末です。その結果、後方で手榴弾が爆発し、その破片を背中にうけ、軍医さんの手を煩《わずら》わして一片一片、掘り出したという事故もありました。

現地の魚の取り方で一番よく行なわれたのが、この手榴弾使用でした。しかし、そのうちに手榴弾の使用は罷《まか》りならぬという通達が出ました。

これに併行して行なわれていたのがダイナマイト使用でしたが、これも洞窟作りが本格的になるにつれて、やはり魚取り用に使うことは禁止となりました。そこで考え出されたのが、小銃によるものでした。

これは海岸に張り出した木に登り、下を魚が通るのを待ちます。群れが来ると、この中心に向けて小銃を打ち込みます。海岸付近は下が珊瑚礁ですので、この一発の銃弾の衝撃が海中をつぎつぎと連鎖反射して魚の群れに拡がり、全体の魚にこの衝撃を伝え、一瞬、魚は失神して浮いたり沈んだりして泳げなくなります。このとき陸上にひそんでいた別の兵隊が素早く海に飛び込んで、失神中の魚を拾い上げます。この漁法も案外、効果的に魚を捕ることができました。

このガバンガ川の河口で、一時地曳き網を引いたこともありました。部隊にたまたま網の一部があり、これを中心にカモフラージュ用の網をつなぎ合わせ、これに蹄鉄で作った重りをつけ、地曳き網を作ったわけで、これで数回、地曳き網を楽しんだものでした。

またこのガバンガ川で川魚を釣りました。内地のダボハゼ（ドンコ）が面白いように釣れたものでした。

大隊長発狂

私の配属を命じられた第二大隊は、浅野少佐が大隊長でした。彼は幼年学校、陸軍士官学校卒で、当時の陸軍とすれば、もっとも正統派に属すると考えられるグループでした。しかし、彼はどちらかといえば変人に属する人で、砲兵三羽烏と噂されるほど大変口やかましい人で、大隊付の将校連中の大隊長を恐れることおびただしいものがありました。大隊長としては、太平洋戦以前の南支戦の古強者といった感じでした。

彼の経歴からすれば、当然中佐になって然るべき年数も過ぎているのに、進級の辞令が来ず、中佐の襟章も用意してある彼にとっては、万事が癪《しゃく》の種でした。そのうえラバウルはろくな食物もなく、特に女好きの大隊長には大変酷な状況でした。その不満の種が、すべて隊付の将校に向けられ、爆発していました。特にその対象となったのは若い主計少尉でした。

この少尉は岐阜出身のいわゆる幹部候補生出身の少尉で、大変気の良い「ぼんぼん」といった感じでしたが、それだけにあまり気の回る方でなく、何事につけ大隊長の格好の雷の対象となっていました。私の前任者の藤井中尉は、主計さんとは反対にもっともうまく大隊長の機嫌を取っておりました。それだけに私の気苦労も大変だったわけですが、学校を卒業したばかりの私では主計さん同様で、とても前任者藤井中尉の真似などできそうもありませんでした。

しかし、私の心配は杞憂に終わりました。大隊長が病気になってしまったのです。大隊長は頑健そのものというタイプでしたが、ガバンガの悪疫の巣窟のような環境には勝てませんでした。おそらく私と前後してマラリアに感染したのでしょう。彼は南支、仏領印度支那(現ベトナム)、蘭印(現インドネシア)、チモール島と歴戦の勇士でしたが、こちらへ移転して以来、旨い物はないかと、盛んに主計さんを苛《いじ》めていましたが、とうとう発病し、一週間も寝ている間に脳症をおこしてしまいました。

いわゆる「マラリアが頭に来た」という奴で、最初のうちこそ当番兵や主計さんを怒鳴っている程度ですんでいましたが、そのうちに褌《ふんどし》一つで連隊中を歩き回り、また歩哨の銃を取り上げてこれを叩き折るといった暴力を振るうようになりました。ここまで来れば連隊長も捨て置けず、力自慢の曹長に命じ大隊長を取り押さえ、戸板に縛り付け、兵站病院へ入院させてしまいました。

最初は、連隊長は浅野少佐は大陸時代から大変な遊び好きだったので、おそらく梅毒が頭に来て発狂したものと考えておられました。しかしその後に、何人もマラリア性の発狂者が出るようになったので、大隊長も名誉回復、マラリア性ということになりました。大隊長はすぐに病院船でマニラへ向け後送されたのですが、風の便りで後送中の船内で、ついに戦病死されたと聞きました。後任の大隊長は、反対なくらい穏やかな少佐が着任されました。

ガ島撤退作戦

ガダルカナル島の戦況は日一日と厳しくなり、どの情報もわが軍不利の戦況ばかりでした。特に弾薬は言うに及ばず食料もまったく不足の状態で、何としても食糧、特に米だけは届けたいと苦心していました。完全に制空権を取られているので、普通の方法ではとても届けられません。そこで米をドラム缶に詰め、鎖で互いに数珠《じゅず》つなぎにし、駆逐艦に乗せ夜陰に乗じてガ島海岸に接近し、これを海上に突き落とし、急遽引き返す方法を取りました。

ガ島の友軍は、陸から泳いで接近し、綱をつけて引き上げる方法を取っておりました。しかし、夜明けと共にガ島飛行場から敵機が飛来し、浮かんでいるドラム缶を機銃で全部沈めてしまうのです。陸地に上げられたのは、一割程度だったと聞いております。

後で考えられた輸送方法は、潜水艦による輸送でした。それは米をゴム袋に入れ、これを夜間潜水艦で陸地近くまで輸送し、海中に半分沈めて帰る方法を取ったようでした。このような状況でしたので、待機中の増援部隊の追及はなかなかできず、焦燥の日々が続いておりました。

十八年の二月になってからと思いますが、突然、増援隊を出すということで、各中隊は特に元気な兵隊を選抜して出発して行きました。しかし、これはじつはガ島の撤退作戦でありました。増援と思わせて撤退のカモフラージュだったわけで、元気のよい兵隊が第一線を守り、そのスキに疲れ切った友軍を下げ、後で収容隊が引き上げる作戦でした。日本軍はこの種の撤退作戦の経験がなかったのですが、幸いにもうまく行き、ほぼ完全に全軍の撤収をすることができたと聞いております。

ガ島では、もちろん第一線の歩兵は敵と撃ち合ったわけですが、やられたのは敵の歩兵によってのみではなく、主力は飛行機及び砲兵の攻撃だったらしく、それにも増して我が軍を悩ましたのは飢餓で、これは前線も後方も別なく、全員が極度の栄養失調とマラリアに罹《かか》っておりました。

帰って来た兵隊は、どうにか本部へ辿り着いたものの、衰弱のため毎日のように死亡し、お通夜が毎晩のように続きました。

比較的元気だった兵隊は、隊内をフラフラと歩いておりましたが、首などは痩せ細り、よくあんな細い首であの大きな頭が支えられるものだと感心するほどでした。こんな兵隊も、貧しい食事ながら腹一杯食べられる生活をして生きながらえた者は急に太ってきます。しかし、これは本当に肥えたのではなく、じつは一種の浮腫（むくみ）だったわけです。これがふたたび次第にまた痩せて、半年くらいたってやっと本物の体にもどってきたようでした。

病馬続出

兵隊のマラリア患者に悩まされた部隊は、さらに病馬続出に大変苦労致しました。軍馬は、元来かなり強度の運動と適量の馬糧によって健康を維持しているものですが、この新駐留地では、双方とも欠けておりました。

面積からいっても、兵舎を作るのがやっとのスペースで、馬を訓練するような場所はまったくありませんでした。また、兵もガ島帰りか、マラリア患者が多く、とても訓練する状態ではありません。したがって、馬は厩舎につながれたままでまったく運動はありません。

そのうえ決定的な悪条件は、青草の不足でした。最初のうちこそ追送の圧縮干草もありましたが、すぐ底をつき、あとは現地調達のみです。初めに宿営地の条件として水と草の二点を申し上げたわけですが、確かに草はありますが、馬が好み、かつ健康を維持するに足る草種は禾本科《かほん》（イネ科）の植物です。周辺には、葛《くず》（荳科）はかなりたくさんありますが、これは栄養的に蛋白質が過剰で、禾本科のものと混ぜて用いれば最適ですが、葛のみ与えますと異常発酵して、疝痛を起こしてしまいます。

くわえて、前にもちょっと申し上げたように、我々の部隊はほとんど出身が愛知、静岡、岐阜、三県の出身者で占められており、馬に馴染みの薄い兵隊でした。馬の習性もあまり知らず、取り扱いも下手でした。

この点、獣医部長の口癖の「都の兵隊は弱くて困る」の表現通りで、京都、大阪の兵隊ほどではないにしても、我々も何度か「歯痒《がゆ》さ」を経験しました。そのようなわけで何とかして馬の好む草を探し出して食わせようという熱意も、今一歩という感じが致しました。

それで馬はしばしば腹痛を起こし、そのたびに真夜中であろうとなかろうと呼び出され、治療に追われておりました。初めのうちは腹痛が主でしたが、次第に全体の馬糧の不足から馬は痩せ、そのうちに完全な栄養失調症をおこして来ました。この方は腹痛と異なって簡単には治療できず、兵站《へいたん》病馬廠へ入廠させるしか仕方がないわけです。

それには自動車に木枠を組み、これに馬を入れて倒れないように枠に保定して、長途、半日がかりで輸送したものでした。馬体の衰弱が劇しいものは輸送中に座り込んでしまうもの、またはそのまま斃死するものまであって、こんな状態では大砲を乗せ、また引かせることなど及びもつかず、人馬ともに惨憺たる状況になっておりました。

草地探検隊

軍馬の衛生がこんな状態のとき、新任の獣医部長が着任しました。前任部隊は満州の第二十九師団（遼陽駐留）で、この師団は、後に例の横井氏のいたグアム島守備隊となり全滅しました。この部隊の獣医部長であった長野中佐でした。長野中佐は、われわれの仲間では規格はずれで、いわゆる、立志伝中の人でした。当時獣医官になるには、大学か専門学校出身で現役志願をした人および幹部候補生出身の予備役の召集者によって占められておりましたが、ごくわずかに一兵卒出身者がおりました。

新部長はこの数少ない一兵卒出身だったのです。鹿児島県種子島出身で、熊本第六師団の騎兵第六連隊に二等兵として入営、以来一階級ずつ進級し、現役志願により下士官に進級しました。ここで彼は、獣医官を志願し、陸軍から当時の麻布獣医学校（当時は専門学校、現在は大学）に派遣されて兵籍のまま入学、卒業と共に獣医部将校（少尉）に任官しました。そんなわけで大変努力の人でした。

こんな彼が着任後第一に着手したのは、軍馬の栄養状態の改善でした。それには草が必要でした。そこで師団の後方参謀と相談して、草資源の調査をすることに致しました。それには獣医部の高級部員（少佐）を長とし、これに師団病馬廠から将校一人（大尉）、それに私（中尉）、下士官兵十五名、それに乗馬十頭、輜重車三輌という、ちょっとした草地探検隊が編成されました。

これで一週間から十日間くらいの日数をかけて、草資源を求めて探検に出かけることになりましたが、地理については何も分かりませんので、師団司令部付近にいた「ミシアン」という大酋長を道案内に頼み、一同勇躍、出発致しました。

第一の難関は、ワランゴエ河の渡河でした。この河はかなりの大河で、下流にはワニも棲息しており、舟がないと渡れませんので、かなり上流を渡渉することにしました。それでも河幅は二十メートルくらいで、しかも上流だけに急流となっておりました。しかしこれを何とか渡り、ジャングルの下を奥深く入って行ったのです。

一般に熱帯雨林のジャングルは、大木の繁っている地域の下は落葉が厚く積もっておりますが、比較的歩きやすいのです。熱帯の強い日差しも、大木の葉にすっかり遮られて、昼なお薄暗い感じでした。ただジャングルが河とか、何かの原因で切れたところは大変でした。すなわち大木が切れたところでは、太陽光線が直接地面に注ぎ、草がすぐ生えます。

一番扱い難いのは藤の一種です。これには葉にも茎にも酷《ひど》いトゲがあり、ジャングルの切れ目にはかならずといってもよいほど茂っております。この藤にブツかりますと、その突破が大変です。それには現地のカナカ人の持っている刃わたり三十～五十センチのブッシュナイフで切り開くしか方法がないのですが、これが大変な作業でした。

確か第二日目だったと思いますが、行軍中、突然激しい音と共に野猪の大群にぶつかったことがありました。音が近づいて猪と分かり、急ぎ小銃を取り出し、また拳銃を抜いて構えたときは、猪の大群は視界から消えてしまった後で、一同今夜の御馳走を逃がしたと、ひとしきり口惜しがりました。

とにかく、行けども行けどもジャングルばかりでした。持って行った地図も参謀本部が急遽調製したものらしく、大変不完全なもので、あまり頼りになりませんでした。逐一、我々の足で歩いて実測で補正してゆきました。一番頼りになったのは、同行した大酋長の「ミシアン」で、彼は行き会う現地人に道を聞きながら案内してくれました。

現地人が主として住んでいるのは、比較的海岸に近い地域でした。ちょっと山の中に入ってゆきますと、ほとんど住人はいなくなります。しかし、ジャングルの中には彼らの通路と思われる小路がついており、ジャングルの切れたところには小さい集落があり、タロ芋、バナナ、パパイア、ココ椰子などが植えられており、それ以外には茅萱などの草が茂っておりました。

集落に近づきますと、小路のわきに彼ら特有の赤い「唾」が吐き捨てられており、それがだんだん多くなりますと、そこには集落がありました。しかし、一般に集落は大変少なく、一日に一ヵ所見つけるのがやっとという程度でした。

しかも、彼らは焼き畑農業をやっておりますので、ある程度住んで地味が痩せてくると、新しいところへ移住します。したがって、ときどき無人化した昔の集落などに行き当たります。宿営地は、こんな無人の旧集落跡を利用しました。というのは、集落のあるところはかならず近くに水源があるからです。宿営地には水は必須ですので、放棄集落は有難いものでした。

ある日、まだ日のあるうちに予定の宿営地に行き着けず、途中すっかり日が暮れてしまいました。幸いにこの日の行程は比較的低いジャングルで、しかも小路がある程度しっかりしていましたので、路に迷うことなく進むことができました。

このとき驚いたのは、蛍の大群にブツかったことでした。しかも現地の蛍は変わっており、大群がいっせいに点滅するさまは、まさに壮観でした。飛んでいた蛍もいましたが、大部分は比較的背の低い灌木に密集して止まり、いっせいに点滅しますと、まるでクリスマスツリーの電飾が点滅するのとそっくりでした。それはあたかも我々を出迎え、また見送るかのように感じられ、しばし戦地のジャングルにいることも忘れ、しばらくは幻想の世界をさまよう感じが致しました。

このようにして、師団の宿営地から十~数十キロの範囲でジャングルを踏破し、また案内役の酋長と現地の情報をたよりに、可能性のありそうな草地をもとめて歩き回ったものでした。

その結果はっきりしたことは、この多雨のジャングル地帯では、日光さえ地面に当たればかならず草地になること、しかしこの草地も十年から数十年たてば次第に灌木が生えて疎林となり、最終的には熱帯特有の背の高いジャングルに変わってゆくことが分かりました。

しかし、草地は各所に小さいものがありますが、これではとうてい師団の全軍馬を養うにはほど遠いものであることでした。大部分の小さい草地は、現地人が農耕のためジャングルを切り開いたために出現したもので、彼らはこのような農耕地を一集落あたり、数ヵ所持っており、順繰りに使って行く方式を取っているようでした。

これは比較的海岸に近い人口のやや多い地帯での農耕方式ですが、彼らの開畑は面白い方式が取られております。それは、数メートルの疎林になった十数年たった昔の農耕地の再開墾では、この地がやや傾斜している場合、斜面の下の方から木の下の地面に近い幹を、木の斜面の低い側をブッシュナイフで楔《くさび》形の切り込みを入れます。幅五〜十メートルの間、木の幹に全部このような切れ込みを入れて、最後に斜面の上部に生えている木を一気に倒します。ちょうどドミノの方式でいっせいに倒れてゆき、倒れた木は枝をはらって両側へ片づければ開墾は終わりで、これに一定の間隔で棒で穴をあけて行き、この穴に一つずつタロ芋の上部五分の一に茎をつけて植え込んで作付け終わりです。

このあと半年から一年もたつと、直径十五〜二十センチのタロ芋に成長して食料になります。この芋の上部は、さらに次の植え付けの苗となるわけです。この芋は焼いた石の間に入れて石焼き芋にして、丸ごと弁当代わりに持ち歩き、三分の一から四分の一を一食にしているようでした。

ウラタワ放牧場

草地探検は結局、ジャングル探検隊となってしまって、当初の目的であった軍馬用の草地を発見することは不可能でした。しかも前にも申し上げましたように、当時は将校も兵隊もほぼ百パーセント、マラリア原虫の保虫者で、体調次第でマラリア原虫がおとなしくしていてくれるか、暴れて発熱するかという状態で、行動を起こして数日たつと、各人の疲労の程度によりボツボツ発熱者が出はじめ、一週間を過ぎると、ついに土屋隊長まで発熱してしまいました。そこで草地探検に見切りをつけ、引き上げることにしました。

しかし、この探検はかならずしも無駄ではなく、この頃すでに我々の第三十八師団はラバウル防衛の任務をもらっており、防衛線の前線地区の状況はまったく不明でしたが、今回の探検により、かなり詳細に兵要地誌（作戦に必要な地理）が明らかとなった次第で、師団の作戦参謀筋には、大変貴重な資料として歓迎された次第です。いわば怪我の功名とでもいえるものでした。

我々の当初の目的はあくまで草地発見で、これが見つからぬことには、どうにも馬糧の問題は解決しないわけですが、ここに偶然なことから，一気に解決することになりました。

それは、一緒にガダルカナル島で戦った第二師団が後方に引き上げて、我が第三十八師団はこのまま引き続きラバウルに留まり、ラバウル防衛に当たることに正式に決定したことです。その結果、我が師団は第二師団から軍馬の全部を移管されると共に、当時第二師団の残留部隊が設営していた軍馬の放牧施設も移管してもらうことになりました。そのため当時ガバンガ地区で草不足のため、死を待つばかりであった軍馬も、移管された草地に放牧することが可能となり、これまでの懸案も一挙に解決した次第です。

じつはガ島撤退以来、部隊は休養を取り、栄養失調状態の回復につとめておりましたが、このとき将校連中、とくに予備役の召集将校たちの話題は、戦線の移動の話ばかりでした。もちろん、この大戦の容易でないことは誰も十分承知していましたので、このまま復員、召集解除などとは考えていませんでしたが、一時後方のマニラとか青島あたりに移動し、ここで兵員、軍馬などの補充を取って部隊を再編成し、中国大陸とかビルマなどの他の戦線への移動を考えていたようでした。

とにかく物資のまったくない、あるといえば、マラリアばかりの戦線とは、一時でも離れたいというのが当時の将兵たちの正直な考えのようでした。ところが、皮肉にもこの線にそってマニラに後退したのは第二師団の方で、第三十八師団の方には内地から直接補充兵が送られて来て、このままラバウルの防衛に任ずることになりました。このとき士官学校を卒業した現役の将校（いわゆる職業軍人）の半数は、内地に帰還いたしました。これを見た召集の予備役の将校たちは、内心穏やかでなく、現役ばかり大事にすると、大変不満を述べておりました。

この頃、新任の獣医部長のよく言ったことは、「人間万事塞翁が馬」のたとえでした。「今回の幸福は明日の不幸かも知れず、アクセクするな」とさとされましたが、凡人の我々にはなかなか理解しにくいことでした。しかし、長い目で見た結果、もの美事にこれが現実のこととなりました。すなわち、第二師団は第三十八師団の羨望のうちにマニラに移駐し、ここで補充を取って転戦した先はビルマ戦線で、ここでも第二師団には大変厳しい戦線が待ちかまえていた次第です。

次に我が師団の士官学校出身者ですが、彼らは確かに原隊である名古屋などに一時は帰ったのですが、待っていたものは新しい師団の編成で、彼らはこの第四十三師団の要員だったわけです。この師団が動員後とるものも取りあえず急ぎ派遣されたところはかの有名なサイパン島で、このサイパン島の部隊は主力の第四十三師団はもちろん、他部隊、海軍部隊、在留邦人までも巻き込んで玉砕したことはあまりにも有名です。

ラバウルに残された連中も大変苦労はありましたが、たまたま敵が、「ラバウルの防衛固し」と踏んで、強襲して無用の損耗を受けることは避けたいと、いわゆる「蛙飛び作戦」を行ない、ラバウル攻略はオーストラリア軍にまかせました。

オーストラリア兵は、陸路からジワジワ押して来たものの、無理な攻撃は仕かけず、封じ込め作戦を採ったため、一部の将兵が空襲などにより戦死、戦病死したものの、大した損害は受けませんでした。

この頃に、師団もガダルカナル戦などで多数の戦死、戦病死者が出ましたので、遺骨の内地への還送があり、このため各部隊から戦地暮らしの長かった連中を指名し、この人たちが遺骨宰領者として内地へ帰ることになり、選に洩れた人々に大変羨《うらや》ましがられたものでした。この中に高級獣医となった藤井中尉と鈴木准尉が加えられました。

しかし、幸と不幸は隣り合わせの譬《たと》え通り、この遺骨船が敵の潜水艦の魚雷攻撃を受け、第一発が命中、全員、避難乗艇のため、甲板に集まったとき、第二発目に直撃され、藤井中尉は戦死してしまいました。一方、鈴木准尉の方は内地（宇品）に無事上陸、名古屋へ向かう列車の中で発狂し、そのまま市川の陸軍病院へ入院となりました。手紙でこの旨妻に知らせ、見舞いに行かせたときはもう回復していたそうで、退院後は内地の部隊で終戦を迎えることができました。

この人たちは内地へ帰れる嬉しさが逆に不幸に直結し、残った人の方がかえって安全で、大半の者は無事復員できました。当時は戦争の真っ只中で、一つ運命が掛け違えば部隊そのものが全滅することもあり、こんな話はザラにあったわけです。

話が脱線いたしましたが、第二師団から軍馬とその放牧場を譲り受けることになったので、砲兵は砲兵同志、歩兵は歩兵同志とそれぞれ対応する部隊から、馬を放牧状態のまま譲り受け、我々の各部隊は自分たちの馬もこれに放牧し、混合して管理することになりました。このため、従来の保管馬千頭に加えて第二師団の二千頭、合わせて三千頭の軍馬を管理することになりました。昭和十八年の四月下旬のことでした。

この軍馬の管理のため、砲兵隊では馬三頭について兵一名の割合で取扱兵を差し出し、これに将校、下士官もつけ、各部隊互いに馬匹《ばひつ》管理隊を編成し、管理に当たることとなりました。我々獣医官は、衛生面からこれを補佐することとなったわけです。

第二師団は仙台の部隊で、宮城、福島、山形、新潟など馬産地の出身者で占められていた関係上、馬の管理も上手で、馬に対する愛情を持っておりました。放牧場もガッチリと構築されており、受け取った馬もかなり長い間放牧して、良質の草をある程度飽食していたため、栄養状態も良好でした。これに引きかえ我が部隊の馬は痩せてヒョロヒョロしており、ここまで辿り着くのがやっとの状態でした。

前にも述べたように、我々の師団は名古屋を中心とした東海三県出身の兵隊で占められていたため、獣医部長の口癖の「都の兵隊は弱くて困る。とくに馬の扱いが下手だ」の通り、両師団の馬を較べると雲泥の差がありました。一歩を譲って両師団のラバウルでの駐留の長さや、第二師団が先に来て良いところを全部押さえてしまったという点を考慮しても、将兵の馬に対する気持は明らかに違っておりました。

それは、第二師団の砲兵隊の馬をもらってその宿営地も引き継いで見ると、中心の小高い丘に、じつに立派な馬魂碑が立っておりました。これは付近の大木を切り出し、成形して七

〜八メートルの塔を作ったものでした。しかし、これは後日敵機の空襲が烈しさを加え、我我の放牧場は海軍の零戦用のトベラ飛行場の延長線上二キロメートルのところにあったため、空襲のたびに格好の目標となるようになり撤去しましたが、その撤去に大汗を流したほど立派なものでした。塔を倒して驚いたことは、碑の方々に友軍（海軍）の高射砲弾の破片が突き刺さっておりました。

兵隊気質

東海出身の兵隊を獣医部長は、「都の兵隊」といわれましたが、やはり都の兵隊は戦争に向かない存在らしいです。昔から大阪の八連隊はあまりにも有名で、このほか東京、京都出身の兵隊は文化人で、元来戦争とは膚の合わないものらしいです。反対に地方の兵隊は強いとされているようです。とくに勇名を馳せたのは、熊本の第六師団及びこの師団で動員した部隊のようでした。一般に北九州出身の部隊は勇猛をもって鳴っていました。

ラバウルにも独立山砲兵第十連隊（独山十）と呼ぶ砲兵隊がおり、主力はガ島、ブーゲンビル島に移動し、ラバウルには留守部隊がガゼル半島におりました。この部隊も北九州と四国出身の兵隊で編成されておりました。私もたまたまこの部隊を訪れたことがありましたが、部隊と残留の馬と梱包管理のため、獣医将校が隊長でおりました。この将校は召集の少尉で、出身は徳島。召集前は、家畜衛生試験場の前身の獣疫調査所の研究者であったとかでした。

しかし、この部隊の構成員である兵隊は北九州の炭鉱出身者が多く、大変気性の荒い連中が多かったためか次第に態度が荒くなったらしく、私の行ったとき、夕方の点呼があったのですが、このときも兵隊の態度が悪いといってさんざん気合いを掛けた後、いきなり拳銃を抜いて、二〜三発上空に撃って兵隊を威圧しておりました。こんな動作は普通ではちょっとやらないことで、戦地とはいえびっくりしました。一歩誤ると、反対に兵隊から火炎ビンを投げ込まれかねないギリギリの感じがしました。

放牧場の伝染病

放牧場に馬を移してから良質の草を食べさせたお陰で、日に日に栄養状態が改善され、関係者一同やっと愁眉を開きました。ところが、ここでとんだ伏兵が飛び出して来ました。それは仮性皮疽《ひそ》という馬の伝染病の発生でした。

これはある種の「酵母」の親類すじが病原体で、この菌が傷口に入りますと、リンパ管に入り、リンパ管の走向にしたがって病巣を作ります。そのため、体表にちょうど数珠《じゅず》状の腫《しゅ》瘤《りゅう》を作り、これが次第に潰瘍となって、最後には血液の中に入り、全身性の発病を来たし、手がつけられなくなる病気で、なるべく早く発見し、外科的に患部をできるだけ大きく切除する以外に治療法のない大変面倒な病気でした。

しかも放牧いたしますと、馬は一列になって通り路の小灌木や背の高い草を押し分けて進むわけですが、一頭病馬が出ますと、これらの木や草に病菌をつけて歩き、後から進む馬に付着します。この菌が歩き回るときに作った小さい引っ掻き傷にくっついて進入し、発病させるというやり方で、どんどん伝染してゆきました。

それで毎週、馬を集めて徹底的に調べて病馬を摘発し、これを全部、方面軍の兵站病馬廠に送り込みました。この病馬の輸送が大変で、一頭ずつ連れて行くには兵力が足りないので、先頭の乗馬（健康馬）に兵隊が乗り、この馬の尾に二番目の馬の頭絡を結ぶ。以下同様にして数頭から十頭くらいの病馬を数珠つなぎにして最後尾に、別の乗馬でしんがりを押さえる方式で病馬を送り込んでおりました。

兵站病馬廠では、最初のうちは真面目に全部外科的に手術し、縫合しておりましたが、そのうちに病馬があまりにも多く、かつ縫合用の糸も不足して来て、後には外科的に切り放したまま放牧しました。

動物の皮膚は、切りますと収縮して傷口が拡がりますので、小さく切ってもかなり大きな傷口になってしまいます。これをそのまま放牧いたしますと、ほとんどの馬は蠅などの汚染により化膿し、敗血症をおこして死にますが、一部の抵抗力のあるものは次第に治癒し、大きな傷痕を残して治ります。しかし、病馬廠では入廠させた馬はほとんど退廠させず、治癒した馬も死んだことにして無籍馬にし、この馬を自家用の使役馬にしたり、海軍部隊との物物交換用にしておりました。

一方、われわれの方もとくに馬を必要とする状況でなかったため、この点、別に問題にもしませんでした。この病気やらその他の病気などにより、また後でトリウ作戦での損耗、さらに第十七師団への移管などで、結局、昭和十九年の四月、放牧を止めて、各部隊に引き取られる段階では、馬の数は当初の三分の一から四分の一になってしまっておりました。

これらの軍馬は実際には戦闘用でなく、現地自活用の農耕馬として重宝がられたのはせめてものことでした。

ラバウル防衛

軍馬は馬匹管理隊を編成し、専門の連中が管理に集中しはじめた一方、部隊の主力はそれぞれ自己の担当の地域の陣地作りに専念しておりました。陣地作りといっても、一般に考えられるような鋼材もセメントも少なかったので、これらはとくに重要な海岸線の防衛に集中し、いわゆる「トーチカ」を作りました。

大部分の陣地や防空壕は、すべてココ椰子の幹を用いました。椰子の大変硬い木を切り倒し、これを二〜三メートルの長さに刻み、これを馬の蹄鉄製の楔《くさび》で固定し、交互に三〜四段積み上げて掩体（防御物、コンクリートの代用品）としました。なにしろ当時は豪州進攻作戦のため、一万頭の軍馬用の蹄鉄が予定通りラバウルまで輸送されておりましたが、軍馬用の必要性がなくなったため、さっそく陣地や防空壕用に早変わりしたわけです。この蹄鉄の蹄鉄工兵が大変重宝がられた次第です。

馬匹管理隊は、初期の頃は各部隊ともに兵料の将校が分担しておりましたが、そのうちに部隊の増設、改編が徹底的に行なわれた結果、馬匹管理隊は獣医部の担当となり、獣医部長の下に、それぞれ連隊付の獣医将校が配属され、私も山砲隊馬管理隊の隊長となった次第です。なにしろラバウルのような方面軍の兵站基地では大変な数の後方部隊がおり、これらはすべて師団などの第一線戦闘部隊の後方支援が主な任務でした。

ここで当時の軍の編制について述べますと、歩兵十数名で分隊、三分隊で小隊、三小隊で中隊、三中隊で大隊、三大隊で連隊、三コ連隊で師団と三が単位となっておりました。これに砲兵、工兵、輜重、捜索（以前の騎兵）、通信の各部隊のほか、後方部隊として、野戦病院二、病馬廠、兵器勤務隊、野戦倉庫などの各隊がおりました。

この師団が二〜三個で軍、この軍が二〜三個集まりますと方面軍、方面軍の上が総軍で、総軍は支那、南方、それに例の満州の三つでした。終戦時には内地に第一（東京）、第二（広島）両総軍ができました。

またこの軍には飛行機、各種砲兵隊、戦車隊、工兵隊、通信隊などいわゆる軍直轄部隊がおり、これらが状況により軍に、またさらに師団にまで配属され、協力することになっておりました。

後方部隊の中では兵站病院など必須な部隊でも最小限に兵員をしぼり、残りはすべて戦闘部隊に正式に改編してしまったのです。兵站部隊としては兵站病院、防疫給水部、兵站病馬廠、兵站防疫廠、独立自動車中隊、鑿井《さくせい》中隊、気象中隊、貨物廠、自動車廠、兵器廠、海上勤務隊（沖仲仕）、陸上勤務隊などで、これらはすべて軍直轄部隊で一般の人がちょっと考えられないような部隊がたくさんありました。

もっとも最近のアメリカ軍のように、洗濯中隊やパン焼き中隊といったものはありませんでしたが、最小限度の支援部隊は予想外に多種にわたり、また意外に多数の兵力がこの種部隊に必要になっていたわけです。これらの後方部隊を最小限にしぼり、浮いた兵力で混成独立連隊、大隊、中隊を作り、これらを第三十八師団、第十七師団などの基幹戦闘部隊へ編入させ、防衛地域内の各海岸線に張りつけたわけです。

これらの臨時の戦闘部隊に持たせる兵器は、幸いにしてラバウルには前線のニューギニアやソロモン群島にいる第十七、第十八軍への補給用に送られて来ており、これがラバウルまでは輸送されてきたものの、さらに前線へは送るべき輸送船もない当時では、そのまま無用の長物化しておりました。これら遊休兵器にあわせて、ジャワ作戦などの鹵獲《ろかく》兵器類もすべて戦力化するという方面軍司令官今村均大将の構想で、後方部隊の戦闘部隊化が行なわれたわけです。しかし、これら後方部隊の兵員は主として予備、後備の召集兵から成り立っており、大体三十～四十歳の、いわゆるオッサン部隊が出来上がってしまったわけです。

このようにしてできるだけ兵力を集め、戦力化して長い海岸線に張りつけてみますと、まだまだ兵力不足が感じられました。そこでさらにあらゆる物資の戦力化が始まりました。そのため各部隊から広くアイデアを集め、戦力化をはかりました。そのうちの傑作の最たるものは投下爆弾の改造による戦車地雷の製作でした。投下爆弾は大は二百五十キロから百キロ、五十キロと各種のものが大量にありました。今はこれらは搭載すべき飛行機もなく無用のものになっておりました。

爆弾はまず弾頭部をはずし、これに熱湯をかけると、弾体と爆薬との間のパラフィンが溶けて爆薬がスッポリと抜けます。これは純粋のピクリン酸そのものです。ピクリン酸は石炭酸を原料に、これを硝化して作ったものですが、かつて日本海の海戦でロシア艦隊の撃破に大いに威力を発揮した下瀬火薬と同じものです。

このピクリン酸の筒状のものを、十センチくらいの厚さに輪切りにします。それには兵隊が鋸でゴシゴシ切るわけですが、ピクリン酸はこの程度の刺戟《しげき》ではビクともしません。しかし、このピクリン酸は黄色の色素でもありますので、鋸屑にあたるものが黄色い粉となって飛散し、作業する兵隊は間もなく真黄色になってしまいます。もちろん、呼吸その他の経路で体内にも入ります。それで作業兵にはこの体内に入ったピクリン酸を解毒させるためという名目で、当時とすれば貴重品であった砂糖水が特別に加給されました。

このピクリン酸の円盤状のものは、周囲を乾燥野菜を包んであったブリキ板と木片で包みました。このままでは爆発しませんので、起爆装置として野山砲の砲弾の信管を使うことにしました。

信管というのは、砲弾の先端にあり、これが着地などの衝撃により発火し、砲弾の弾薬に点火させる装置で、衝撃の瞬間瞬発と、短い時間を置いて発火する短延期瞬発と、二通りの発火ができるように工夫されておりました。それでわれわれ非戦闘員も含め、将校以下全員が一キロ地雷を一発ずつ持っており、敵の戦車と心中するために作ったわけです。

その戦法は、十名で一組を作り、誰か一人でも敵戦車のキャタピラの下にこの一キロ地雷を突っ込み、その爆発によりキャタピラを切り、戦車を立ち往生させる。続いてこの十名のうち一人が肩に担いで来た十キロの大型地雷を、立ち往生した戦車の底に入れて爆発させ、戦車の底板攻撃をする作戦でした。当時の米軍戦車も、底の装甲は比較的薄かったので、この程度の手製の地雷でも破壊できるのではないかと考えたわけです。

これらの手製爆弾の実際の爆発力は、実地に爆発させ、その威力を実験いたしました。この十キロ地雷には、点火に手榴弾をはめこみました。それでわれわれまでもかなり真剣に、この手製の地雷を戦車のキャタピラに入れる演習を繰り返しました。それは道路の両脇に例のタコツボを掘り、ここから棒の先につけた手製地雷を、進行してくるトラックを戦車に見立てて、この車輪の下に突き出したものでした。

この爆弾を応用したもう一つの兵器の傑作は、迫撃砲の製作でした。二百五十キロ爆弾の中の炸薬を抜いた後の弾体は、中央部の円筒部を二つつなぎ合わせて迫撃砲の砲身としました。この二つの筒のつなぎ合わせは、兵器勤務隊という工作隊に各種の工作機があり、これで雄、雌のネジを切って二つの筒をつなぎ合わせたのです。

この現地製の迫撃砲の発射薬が、また傑作でした。発射薬には、黒色火薬のような爆発力のあまり強くない火薬が適していますので、現地でこの黒色火薬を作ったのです。それには主薬は木炭ですが、これは応召兵の中に炭焼きの経験者を探し出し、次に硫黄は現地には活火山がありましたので、わけなく採取できました。もっとも苦心したのは硝石（KNO_3）です。このためのカリ分には各部隊のカマドの灰の供出を求めました。木灰には約十パーセントの炭酸カリが含まれておりますので、これで解決したわけですが、一番問題なのは硝酸の製造でした。

この製造については私にもわかりませんでしたが、とにかく硝石を作り、この黒色火薬を、たまたま沢山あった落下傘の絹布を用いた薬包布に入れました。この発射実験も完了してありました。都合のよいことに、二百五十キロ爆弾で作った迫撃砲には、その下のクラスの百キロ爆弾の口径がピッタリと適合しました。同様に百キロ爆弾で作った迫撃砲では、その下の爆弾の口径が適合しました。

このほか、当時兵站病院には酸素吸入用のボンベの空になったものが沢山あり、これも二つつなぎ合わせて小型の迫撃砲の砲身を作り、この砲弾には七センチ五ミリの野砲と山砲の砲弾がピッタリでした。野砲と山砲では口径は同じでしたが、発射薬が山砲の方が小さく、したがって使い方が若干異なっておりました。

ここで問題は、野山砲の砲弾には、爆弾のように弾尾に方向を規制する羽根がついていないということです。砲弾には、砲身につけられている螺旋状の溝に嚙み込む銅製の弾帯がついており、このため砲弾には回転が与えられ、目的物に直進するようになっておりますが、手製の砲身にはこの螺旋状の溝がついておらず、そのため砲弾に回転を与えるために、弾尾にわざわざ爆弾と同じような羽根をつけました。この工作も兵器勤務隊の仕事で、材料は真鍮製の高射砲の空薬莢を用いておりました。

このようにして作り出した各種火砲を、もっとも強く敵の上陸の予想される「ココッポ海岸」の陣地にズラリと並べた次第です。もちろん弾着などは大変不正確でしたが、とにかく敵の上陸点に無茶苦茶に落下させて、いわゆる橋頭堡の確立を妨害する方針でした。

幸いに敵もラバウル正面の堅固なことを予想して、マッカーサー得意の「蛙飛び作戦」を立て、ラバウルよりはるか北のアドミラルティー諸島を占領して、これを足がかりとしました。結果的には、ラバウルを強襲しなかった彼の作戦は正しかったわけで、もしラバウル作戦を実行していたら、私もこの文章を書く機会もなく、またやけくそになって反撃する日本軍の抵抗に会って、アメリカ軍の陸軍墓地もかなり広くなっていたはずでした。

このほか、硫酸の不足によりバッテリーが上がり、動けなくなった戦車は、敵の攻撃予想地正面の地下に埋め、砲塔だけを出し、固定砲台としました。また、あまり撃ちすぎて砲身の内部が磨耗し、もはや高射砲としては役に立たなくなったものは、海岸線に砲身を水平にして砲座の方を埋めこみ、上陸用舟艇射撃用に転用しました。砲身の内径はいささか大きくなったものでも、水平射撃にはなお威力を残していたからです。

このようにして、ラバウル駐留中の日本兵は陸海合わせて、じつに八万名にも達しており、これが死にもの狂いになって、針ネズミのように武装したわけです。このように防備しておりながら、二十年八月十五日、ついに敗戦を迎え、全軍命令により、自ら武装解除したわけですが、このとき西南地区を分担していた陶村《すえむら》連隊では連隊長が怒り、どうせ敵（オーストラリア軍）に武装解除して引き渡すのであれば、その前に苦労したわが軍の防備力を、一発の弾も打たずにムザムザ進呈するはしのびないとばかり、命令一下、全軍を位置につけ、いっせいに全力射撃し尽くしました。

その結果、担当正面の海面は、十数キロメートルにわたり、着弾の波と弾の砲煙のために真白くなって何も見えなくなったということでした。敵も味方もこんなことにならなくて幸いでした。しかし考えてみると、戦争とはじつに人命と物資とエネルギーの浪費以外の何物でもないことを痛感した次第ですが、実際にその場に立たされてみると、何もせずに手を上げるわけにゆかず、平時の状態で考えれば狂気としか思えないことを、じつに死にもの狂いでやってしまっていたわけです。

空襲体験

　私の空襲の本格的な初体験は、忘れもしない昭和十八年十月二日でした。ラバウルは市街地といっても、とくに家屋が密集していたわけではないので、これまでの敵の空襲はもっぱら夜間で、主として港湾地区を狙っており、その周辺の物資の集積地でした。昼間は大体、偵察機が飛来するだけで、爆弾投下は夜間のみでした。しかし、この十月二日を期して、本格的な大空襲攻撃が開始されました。

　ラバウル地区は主として海軍が航空を担当しており、東、西、南、北と、それにトベラの五ヵ所に飛行場を持っておりました。このうち、東飛行場は主として零戦を主とする一番大きな飛行場で、西飛行場は攻撃機（爆撃機と雷撃機）、北飛行場は退避用の予備飛行場、トベラ飛行場は零戦専門の飛行場で、南飛行場のみは陸軍用のもので、最初のうちは重爆撃機と偵察機がおりました。しかし、この陸軍の空軍は後にニューギニアに第四航空軍が作られ、これに併合されてニューギニアに移動し、その後同地で全滅しております。

　私どもの馬匹管理隊は、このトベラ飛行場の延長線上にいたわけです。当時の日本軍の作業能力はほとんど人力に頼っていた関係上、この飛行場の開設の初期から知っておりましたが、完成までに六ヵ月以上も要しておりました。アメリカ軍のこの種の飛行場作りは、タッタ一週間で完成したというガダルカナル島やブーゲンビル島の話を聞くにつけ、彼我の戦力の差には圧倒的なものがありました。

それはとにかく、この飛行場は初期、牧場作りというふれこみでした。いわゆる、防諜からの発想と考えられますが、敵は毎日のように偵察機を飛ばしておりましたので、先刻承知のことであったと考えられました。

当時私どもの日課は、午前中は病馬の診察を行ない、午後は放牧場の見回りや自活用の畠を作ったりしておりました。この日は午前十時半頃だったと思いますが、一応診察が終わったので、ボンヤリ立って南の方の空を眺めておりました。突然、爆音がしたのでヒョイとその方を見ると、緑色に塗った敵機、ノースアメリカンB－25が十数機、ジャングルの木の梢すれすれに南西のトベラ飛行場の方向から飛来し、アッという間に消えてしまいました。

この空襲を皮切りに、いっせいに大空襲が始まったわけです。後で聞いた話では、当時、前の宿営地、ガバンガ地区にいた砲兵隊の連隊本部もほぼ同時刻に空襲を受け、軍曹と兵が戦死したということです。この日を境に、毎日、まるで日課のように空襲が始まりました。

当時は日本軍にも何らかの偵察情報があったらしく、午前十時頃になると、いっせいにトベラ飛行場の零戦が発進します。しばらくすると西南の空が異様な音につつまれ、その間に敵機の大集団が見えてきます。私どもはこの時間になりますと、いつでも防空壕に退避できるように、入口付近で見物していたものでした。

敵機はいわゆる戦爆連合スタイルで、二百機くらいの大集団でした。上下に戦闘機（主としてロッキードＰ－38）、中央に爆撃機（ノースアメリカンＢ－25、コンソリデーテッドＢ－24）を配し、まるで胡麻《ごま》を撒《ま》いたように見えているのがだんだん大きくなり、やがてトベラ飛行場の上にくると、爆撃機が急降下して爆撃して行き、爆撃が終わると戦列を乱してテンデに退避して行きます。

友軍の零戦は、主として敵の退路付近で持ちうけ、バラバラに来る敵機を捕捉して撃ち落としておりました。初期のうちは友軍機の数も多く、戦果も大いに上がり、一日の撃墜数二百機にも上ったといわれておりました。というのは、トベラ飛行場だけでなく、西も東も南もほぼ同時に、いくつもの編隊で襲撃して来たわけです。

敵はラバウル地区への出撃をもっとも恐れ、当地への出撃は一人一回限りであったといわれております。編隊のリーダーこそ、毎回先頭に立って引き連れてきますが、他はほとんど一回限りの学生上がりの連中と聞きました。

空中戦は、敵と味方の比率が一定以上ないと互角には戦えないらしく、敵は新手に新手といわゆる、上杉謙信の車掛かりの戦法で来るのですが、友軍は相手変わって主変わらずで、しかも補充がままならず、次第に彼我の比率が悪くなり、空襲が始まってから一ヵ月もしますと、友軍機はいっせいに空中退避し、もはや敵とはまともには渡り合えなくなってしまいました。それでも敵の退避点付近で、わずかに群れを離れた落ち武者狩りをする程度に落ちぶれてしまいました。

敵の空襲があると、飛行場には大穴があけられ、そのままでは下りられません。それで比較的穴のない飛行場を無線で知らせ、一時そこに退避し、大急ぎで原隊の穴を埋め、夕方までにはもとの飛行場に帰ってきます。それで翌日になりますと、いっせいにエンジンを始動させ、空中に退避しはじめます。この爆音を聞いて、我々もさては空襲とばかり防空壕に退避するわけです。空襲中に防空壕以外にいて戦死した者は、戦死と認めないという軍命令が出たほどです。

このトベラ飛行場は海軍の飛行場でしたので、周辺の防空部隊もすべて海軍部隊でした。それでも高射砲は陸軍のものを使用していましたので問題はありませんでしたが、問題なのは高射機関砲で、これは軍艦のものをはずしてそのまま陸上に持って来たものでした。欠点はこの機関砲の砲弾にあったのです。

陸軍の高射砲は上空に向けて発射し、敵機に命中するか、一定の高度に達すると自動的に爆発するような複動信管がついております。ところが、海軍では広い海上での合戦ですので、敵機に当たらなかった弾は、そのまま落下しても大した被害はなく、これらの砲弾は落下して海面に当たった衝撃で爆発する仕掛けになっておりました。それゆえ、ラバウルの夜間空襲を周辺の高地から見ると、海面は海軍の落下砲弾の爆発で、まるで両国の花火見物でもするように綺麗な状況であるといわれておりました。

海面への落下であれば大した問題はなかったわけですが、これが陸上で使われると大変です。我々はこんなこととは露知らず、最後の高射砲の発射音を聞くと、空襲終了とばかり防空壕を出てヤレヤレと背伸びをし、兵隊は放列をしいていっせいに放尿を始めるわけです。

　このとき、私の連隊の第三大隊の兵隊がある日の空襲完了後、防空壕を出て放尿中、突然、足元に落下した砲弾が破裂し、その破片を腹部に受け、急ぎ野戦病院に収容しましたものの、その日のうちにとうとう戦死してしまいました。最初は敵機の機関砲弾とばかり考えていたのですが、敵機は遠く離れていたのに、どうして弾が届いたのか疑問で、まわりの海軍の高射砲隊の連中に尋ねたのですが、連中はトボケて真相を白状せず、ずっと後になってこの事実を知ったわけです。それ以降、空襲後はできるだけゆっくりと壕を出ることにした次第です。

　最後の高射砲弾の発射音が空襲の終わりの合図なのは、敵機がいなくなれば当然、射撃を止めるわけですが、撃ち方止めの号令がかかった状態で、何門かの砲はすでに弾を込めている場合、初期の頃は高射砲そのものが新品だったため、一度込めた弾は固くて元へ抜けません。

　それゆえ、手入れのためにはどうしても最後の弾を発射せざるを得なかったので、空襲が終わっても、しばらくして発射音が聞こえてきたわけで、初めのうちはこの音を聞くとすぐ壕を出ていましたが、その後には、さらに時間をたっぷり見はからって出るようにしました。

空襲後に友軍の流れ弾で死んでは、相すまぬことだからです。

敵の攻勢が始まってから数日たったある日、この日は友軍の零戦の大戦果があり、我々の放牧場のうちにも敵機が墜落したという兵隊の話で、スワとばかり馬を飛ばせて駈けつけました。墜落の現場は初見参でしたが、凄まじいの一語に尽きました。北の方からジャングルの木の梢を薙《な》ぎ倒しながら斜めに落下し、地表に達してからは、まるでトラクターで耕したかのように幅数メートル、長さ十数メートルにわたって地面が掘り返されており、ところどころに敵兵の青白い手足が散乱していました。

機体は少し下がった谷地の向こうの斜面の下に叩きつけられて、まだ燃えており、機銃弾がときどき炸裂しておりました。墜落機は例の双胴のロッキードP－38で、乗員は二名とか聞きました。あたりを物色しますと、海に墜落したときの発色剤、ゴムボートの破片、それに釣り針、各種非常食としての缶詰類が見つかりました。このうち変形しただけで、内身が十分使用可能なチョコレートの缶詰を戦利品として引き上げました。

次の墜落機はかなり日数がたってからですが、この敵機は海軍の高射砲で撃墜されたらしく、飛行場に近いジャングルの中でした。兵隊三名と共にジャングルを掻き分けてやっと現場に到着したところ、今回はノースアメリカンB－25でした。やはりジャングルの樹々を斜めに薙ぎ倒して落ちておりました。

敵兵は四～五名で、遺体はそれほど傷んでいない者もおりましたが、すべて即死のようでした。敵兵の服装は我が国の搭乗員にくらべて大変粗末な感じで、その辺の町工場の工員がそのまま飛行機に乗って来たという様子に見えました。目ぼしい物を物色中、ふたたび空襲があり、敵、身方の機銃音の轟《とどろ》く間、じっと大木の陰にひそんでおりましたが、死体と同居では気持のよいものではありませんでした。

我々の宿舎は、なるべく木の陰に隠れるように、上空にはずいぶん気を使っておりましたが、それでも数回にわたって機関銃の射撃を受け、幸いに人にも当たりませんでしたが、放牧中の馬が数頭やられました。解剖して弾の進み方を調べましたが、射角方向と射入口と体内の弾の位置から見て、弾は体内でかならずしも直進していないものがあることが分かりました。これはこの弾が比較的、射程の終末に近かったためかも知れず、威力が少なかったためであったかも知れません。

敵の反攻当初の攻撃目標は、第一に飛行機、飛行場を叩くことでした。次の攻撃目標はラバウル港や、第二の港であるココッポ港の軍艦と輸送船でした。第三の目標はココッポその他の集積物資の山でした。ココッポ海岸には所狭しと爆弾、砲弾などの弾薬類、それに米、馬糧、味噌、醬油、酒などの諸物資が各物資ごとに山なりに積み上げられておりました。

こうした物資は、単にラバウル地区のみならず、ニューギニア、ソロモン群島向けのものが集められていたのですが、船がなくて、これ以上輸送できなくなっていたわけです。それでこれらはすべて野積みではなく、それぞれ防空用の洞窟に収容すべきだったのですが、兵力は全力をあげて敵の上陸に備えて防禦陣地作りに明け暮れ、とても物資収容用の兵力は割り当てられなかった次第です。

それでも敵のこれら物資群に対する絨鍛《じゅうたん》爆撃が始まってからは、陣地作りを一時止めて、必死に取り込み作戦が行なわれましたが、時すでに遅く、大半は焼失してしまったようです。

一番大事な米の山は三日三晩、燃え続きましたが、半地下式になっていたのと、ときどきの俄《にわか》雨のお陰で下の方、三分の一くらいは焼け米になりながらも助かったものもありました。

各部隊は、この半焼け米も必死になってトラック、馬車とあらゆる車輌を動員して取り込みました。これらの物資は、いわゆる員数外ということで、こうした物資があったため、正式には一日百グラムくらいの米しか給与できなくなっても、兵隊はとにかく死なずにすんだようでした。

これらの目ぼしい攻撃目標が一応なくなってくると、次は走ってくる自動車が攻撃目標となり、日中はほとんど行動ができなくなりました。この頃になりますと、敵は二〜四機編隊で、四六時中、上空を哨戒飛行し、目標を発見し次第、燃えるまで機銃射撃し、弾丸が尽きてもなお燃えないと、無電で他の僚機に引き継ぎ、とにかく燃え出すまで射ち続けます。

そこでこちらも知恵がつき、敵に発見され、一撃を受けると、準備していた発煙筒を焚いて、やられたふりをし、敵が去るやいなや、遮蔽地に逃げ込みました。私は幸いにしてこんな目には会いませんでしたが、道路の脇には、ところどころ一部を焼かれた自動車の残骸が転がっていました。

一応規格通りに掘られた防空壕のあるところで受けた空襲の場合、大部分のものは、もし直撃弾が当たれば耐えられないながら、一応この中に入っていればまず安心という部類でした。一番頼りない気持になるのは、何も身を隠す場所のないところでの空襲で、例の腹を抉《えぐ》るような爆発音や耳に沁み入る機銃音を聞きながら、ひたすら早い御退参を願うばかりです。ごく近い着弾の場合、爆発音の瞬間、フワッと身体が宙に浮く感じがしました。

後になって師団司令部付となってからは、司令部にいる限り一応安心できる防空壕が完成しておりました。小川の合流点付近に司令部と兵站病馬廠が同居しておりました。川の合流点の中州に司令部が置かれ、司令部を挟んだ二俣の川の両岸を占めて兵站病馬廠が入っておりました。

ラバウル地区は厚さ二十メートルくらいの火山灰地におおわれており、この地層はいわゆるシラス台地といったもので、トンネルを掘るのはそれほど困難性はなく、師団工兵隊と独立騎兵中隊で一年がかりで洞窟を完成し、司令部全員がすっぽりと入っておりました。大部分の洞窟はいわゆる素掘りでしたが、掩護高（地上までの高さ）は二十メートルくらいもあり、一トン爆弾の直撃にも耐えるように作られておりました。事実、敵にも、この地区には重要な部隊がいるらしいとは上空から見ての地形で分かるらしく、絶えず爆撃されておりました。

朝夕の敵機の来ない時間帯をねらって上に登って見ますと、樹木らしい木はほとんど飛ばされ、無数に大きな爆弾痕が残っておりました。この頃の敵は二種類の爆弾を使っておりました。一つの信管を瞬発に、他は短延期にセットし、合わせて落としていたようでした。瞬発は人馬の殺傷用に、他は陣地や構築物の破壊用でした。瞬発の方は樹の枝に触っても爆発するので、下はまるで箒《ほうき》で掃いたように綺麗になっておりました。

大体午前十時頃から十一時半頃にかけて、定期便のように爆撃に来ます。この時間帯になると、いつでも退避できるように身構えて仕事をするわけで、爆音と共に急ぎ退避する。このとき入口から直線部分は危険で、かならずこれから直角に曲がった地点にいるようにといわれていたものでした。この点を守らず、兵站病馬廠の合流点の洞窟のちょうど出口に一発受け、この内の直線部分にいた数名の将校と下士官が即死いたしました。これは運の悪い例ですが、大部分は洞窟の上の方に当たり、こんなとき洞窟は素掘りですので、強い振動と共にバラバラ火山灰の破片が頭上から落ちて来ますが、命には何も別条ないわけです。

この爆撃で、司令部にも若干の被害が出て、獣医部長の乗馬が臀部《でんぶ》に破片創を受けました。馬も馬体が入れる程度の空間ながら、洞窟の中に収容していたわけですが、付近に落ちた爆弾で被弾しました。しかし、空襲時には頭部を内方へ向け替えるようにしておりましたので、尻への被弾ですんだわけです。この爆弾の破片はかなり深くまで食い込んでおり、抜き出すのに苦心しました。

空襲の悲惨さを痛感したのは、ココッポの兵站病院の爆撃でした。我々が病院に到着したのは午後三時半過ぎだったと思います。この日は師団司令部に用事があって、その帰り途でした。爆撃は午前十一時頃あったのですが、じつに悲惨の極みでした。この兵站病院は、昭和十八年の八月頃までは看護婦もおり、我々も看護婦見たさに病人の見舞いに行くのを楽しみにしておりました。

看護婦は皆ころころと肥えており、顔色こそ冴えない様子でしたが、一般の男の兵隊が皆痩せているのにくらべ、この状況の悪いのに、なぜ女性だけ肥えていられるのか不思議に思われたものでした。

この頃の看護婦の服装は、白衣のディバイデットスカートの下の部分をゴム紐で絞り、膝から下は太い足を出し、キビキビと立ち働いていたのが印象的でした。

こうした看護婦の勤務は兵站病院までで、師団の、いわゆる野戦病院にはまったくいないものです。しかし、状況がきびしくなった八月頃には看護婦、慰安婦もろとも、女は全員引きあげてしまいました。爆撃時にはもちろんいなかったのは幸いでした。

この病院は教会を接収して病院にしていたもので、病院の屋根にはクッキリと白で十字を画き、病院であることを明示していましたので、よもや爆撃の対象になろうとは考えていなかったところ、思いもかけず大爆撃を受けてしまったわけです。

われわれが立ち寄ったのは爆撃後、数時間は経過しておりましたが、まったく整理されておらず、そこいらじゅうに飛び散った肉片が散乱しており、黒く土埃にまみれた肉片は、蝿がたかっているので肉片と分かるだけでした。

地下足袋をはいた足首、ぐちゃぐちゃの胴体とおぼしき肉塊などが、半洞窟にまだ放置されたままで、半壊の病舎には放心したままの入院傷病兵がボンヤリとベッドに腰かけている姿は、哀れをさそう光景でした。後で聞いた話では、病院船も魚雷攻撃を受けたとかで、敵が赤十字協定を無視しはじめたらしいことを痛感した次第です。

敵機、とくに哨戒機による自動車への攻撃については一部、前にも述べましたが、これはわれわれの日中の行動をいちじるしく阻害いたしました。一般に道路がジャングルや椰子林の中を通っている部分は、大体上空が遮蔽されております。

しかし、樹木のまったくない、いわゆる軍隊用語で開闊地では茅萱が生えているだけで、上空には遮るものは何もありません。こんな場合には、開闊地に出る前に一度自動車を止め、全員で耳を澄まして爆音を聞き、ないと見ると全速力で走り抜けるわけですが、途中で発見された場合には、なるべく道路から直角に少なくとも十五メートルくらいは逃げるか、道路わきに掘ってある退避壕（タコツボ）にもぐります。

このときの発煙筒の使用については前に述べた通りですが、勇敢な兵隊は、敵機が二機で一撃して自動車が燃え出しても、大きく反転して第二撃するまでには数分かかりますので、この間に火を揉み消して自動車を救った話もありました。

乗用車は日中使うには不適で、主としてトラックを使いました。それは後の荷台にかならず看視兵を配置することができるからで、この兵は走行中、回りをぐるぐる見回して、敵機の発見につとめ、遠くに敵機を発見するやいなや運転台をたたき、運転手に知らせ、遮蔽地へ逃げ込める距離であれば急ぎ逃げ込むし、逃げられないときは車を止めて真横へ十メートル以上退避します。

海軍では、乗用車の助手席の天井にわざわざ穴を明けさせ、ここから従兵が上半身を出し、対空看視をしておりました。陸軍ではこんなことをしませんでしたので、日中の遠出は大変危険で、ヒヤヒヤのし通しでした。

放牧場勤務

放牧場の第一目的は、いかに軍馬を安全に健康的に管理するかにあったので、すべての日課もこれを中心に動いておりました。放牧といっても馬の員数を確認し、また草だけでは栄養失調をおこしてしまっている軍馬には不十分でしたので、一定量の穀物を与えておりました。これらの馬糧は、すべて内地からの追送品で、大変貴重なものでしたが、少量ずつながら給与するようにしておりました。

馬の日課は夜間は放牧地で草を食い、明け方から逐次、集合場の方へ帰って来ます。放牧場は誘導柵を通って集合場に通じており、これがさらに各放牧場にも通じており、順番に放牧できるようになっておりました。集合場はわれわれの宿舎に近く、適当に上空を遮蔽した場所にあり、ここに共同の給餌場が作ってありました。

朝七時頃、通過の柵を開く頃には、馬はもう待ち切れず、通路に設けてある柵にまで詰めかけております。したがって柵を開きますと、馬は急ぎ集合場に入り、ほぼ定まっている自分の場所ですでに準備してある馬糧を食います。この後、馬の状況を調べて異状のあるものを摘発し、治療を加えます。また、一週に一～二回全馬について細密検査して、仮性皮疽の発見に勉めます。この検査で発見した病馬は、兵站病馬廠まで連れて行って入廠させます。

この途中にいろいろの農園があり、とくにカカオ園は珍しい存在でした。これはチョコレート豆を栽培しているところですが、このカカオの実の成り方が、初めて見る者には大変異様に感じられました。カカオの実は長さ十五センチ、直径七～八センチの円錐形の硬い外皮の実で、赤橙色をしており、この実が小枝や果柄なしにいきなり太い木の幹に着いている有様は、我々の常識にはないものです。

この実を割りますと、中にカカオ豆が詰まっており、この豆のまわりに甘酸っぱい、ぬるぬるとしたものがあり、これをしゃぶるとちょっと美味に感じられます。豆を割りますと、中にチョコレート色をした核が現われますが、これも薄い皮の中にギッシリと詰まっておりました。この豆を乾かし、カカオ豆として出荷するとのことでした。

また、この農場の一隅に管理人の家族がおり、十歳ぐらいのドイツ系らしい大変可愛らしい女の子があり、兵隊たちの楽しみになっておりました。しかし、空襲が烈しくなった頃、見えなくなり、話によると軍の命令により集団内に隔離されたと聞きました。そして、彼らが出て行った跡の農園で開けたところは、後になってからすべて海軍の高射砲および高射機関砲陣地になってしまいました。

戦争はドイツ系農園管理人たちを気の毒な目に合わせましたが、われわれの仲間も思わぬ災難に会います。この牧場勤務の管理隊にも、一名の軍医が配属されておりました。このようなところへ来るのは、大概は召集の見習士官で、軍医不足という理由で医師の免状さえあれば、検査の方は乙種でも丙種でも召集されて、いきなり見習士官として軍医事務に就《つ》いておりました。

しかし、年齢的にもある程度年を取っており、医師としてのキャリアも持っている人がおりました。ここに来た軍医さんも、何人か変わりましたが、このうちに一人ひどい麻薬（モルヒネ）中毒の人がおり、薬が切れると禁断現象を起こし、大声を上げて騒ぎました。こんなとき衛生兵によく言い渡し、薬の管理を厳重にするよう命じたものでした。

われわれ獣医部にも、同じような見習士官制度があり、昭和十八年の五月頃、内地から五～六名の見習士官が補充のため送られて来ました。この連中はいきなり召集され、内地から送り込まれて来たので、軍隊のことは何も知らず、敬礼さえよくはできないほどで、獣医部長の格好の教育材料となりました。そこで教育計画を立て、日課として乗馬、敬礼、軍事学と教育することになりました。

この乗馬教育中、一人の見習士官が他の見習士官の乗馬に蹴られ落馬しました。ところが、このとき足の神経が切れ、歩けなくなって入院後送されました。彼は、早々と内地に帰り、兵役免除になったと聞きました。

人間だけでなく馬にも予期せぬ災難は多く、一週に一〜二回の全馬細密検査の時、馬の員数が足らなくなることがあります。すると、全員で放牧場全域を捜索します。こんなとき馬は大てい穴に落ちこんで死んでおります。広い牧野には、原住民が野猪をつかまえるために落とし穴を掘ってあり、事前に探して埋めるようにしておりましたが、古いために草が繁って発見し難く、これに野猪ならぬ我が軍馬が落ちたわけです。

こうした穴に落ちた場合、牛などはじっとして動きませんが、馬は性質上、自力で脱出しようと死ぬまで暴れるわけです。ですから、落ちて脱出できなかった馬は、例外なく暴れ死んでおり、しかも熱帯のこととて、我々が発見した時はすでに腐敗が始まっており、こんな場合、ほとんどの馬は脚を上にし、腹は腸内に発生したガスのためにパンパンに膨張しております。

初めのうちは、この事故も原住民の野猪用の落とし穴だけでしたが、その後ラバウル地区防衛のため、海岸線のみならず、陸つづきに対する敵のため、防衛陣地の構築が始まり、われわれの放牧場にも随所に陣地が作られました。それにともなって通信壕が掘られることになりました。これは通信線が敵弾により切られるのを防ぐため、幅七十メートル、深さ一メートルくらいの通信壕でこの内を電話線を通したのですが、この壕の中に放牧の馬がチョイチョイ落ち込んで死ぬ事故があり、これはどうにも防ぐ方法がなく困ったものでした。

じつはこの陣地構築の結果、主要陣地には必要な弾薬や食糧があらかじめ貯蔵されておりました。当時主食の方はとくに不足しておりませんでしたが、副食は不足がちで、この陣地貯蔵の缶詰が兵隊たちの目標でした。もちろん盗難防止のため、有刺鉄線の鉄条網で厳重に防護してありましたが、そこは蹄鉄《ていてつ》工兵はお手のものの工具を使って、器用に缶詰類を失敬しておりました。最終的に敵と対決することがなかったのは幸いでした。

話が脱線しましたが、馬は日中は木陰で立ったままウトウトと半分眠りながら過ごします。とくに疲れた時は横臥してしまいますが、たいていは立ったまま眠る場合が多いようでした。そして午後四時頃、放牧場への通路の柵を開いてやりますと、馬は元の放牧場の方へ帰って行き、夜通し自由に草を求めてさまよっておりました。

艦砲射撃

私が初めて艦砲射撃を経験したのは、昭和十八年の夏の夜でした。この日は、たまたま月一回の連隊長への月例報告として、馬匹管理隊から当時第三回目の宿営地となっていた連隊本部に行っていた晩でした。この連隊本部は、ガバンガ地区の第二回目の宿営地が、ラバウル防衛用の陣地としては海岸に近すぎ、連隊本部としては不適当ということで、さらに南の、しかも海岸線から遠く山の中に入った地点でした。

夜八時頃だったと思いますが、突然、ココッポ方面から砲撃音が聞こえてきました。最初はこれが艦砲射撃とはわからなかったのですが、発射音につづいて弾着音が交互に聞こえてきたので、艦砲射撃とわかり、さては敵の攻撃開始とばかり本部の将校一同、色めき立ったのです。私は生まれて初めての砲撃音でどうしてよいかも分からず、ただウロウロしておりました。ここで一番シッカリしていたのは、何と兵科の将校ではなく、私どもと同じ各部将校である主計中尉でした。彼は経理学校出身のバリバリの主計官で、当時経理部将校には大きく分けて三種類あり、その第一は陸軍経理学校出身、第二は現役志願の下士官出身、第三はいわゆる幹部候補生出身でした。

数の多いのは第三の群の幹部候補生出身者で、彼らは大学や専門学校の経済、法学部などの卒業生で、とくに経理部の幹部候補生を志願したものの上がりでした。第二の下士官出身者は、一般の兵隊として入隊し、その後、経理部の下士官を志願し、以後一歩一歩と昇進して将校にまで出世した連中で、一般主計業務にはもっともよく精通しており、一方、経理部将校としてもっとも強力にこの権限を活用して悪いことをしたのも、この群の人が多かったように聞いております。

最後の第一群の陸軍経理学校出身者は、兵科の士官学校と同格に当時の中学校の四年〜五年生が受験して入学した者で、まったく兵科の士官学校と同格に教育されて来たものでした。その教育たるや、彼らに聞いた話によると、その徹底さ加減は士官学校以上ではないかと考えられました。生徒の数が士官学校に較《くら》べてずっと少なかったので、徹底的に教育ができたのでしょう。

とにかく、私の連隊の主計中尉は、私と同郷の岡山県立二中の後輩でしたが、その言動の端々に見られる学校での仕込まれぶりは、真に徹底したものでした。彼とはその後、陣地入りしてからも、一緒に何回も空襲に遭いましたが、我々は空襲のたびに早々と防空壕に避難したものですが、彼は平然として経理事務を取っておりました。もちろん彼もある程度は恐怖心もあったでしょうが、態度の上では、そんな素振りは少しも見せませんでした。

話は脱線しましたが、この主計中尉がテキパキと主計部員を指揮し、飯と湯茶の準備を命じ、次の連隊命令を待つ態度は、後輩ながらじつに感心した次第でした。「腹が減っては戦《いくさ》は出来ぬ」と申しますが、この非常の時、飯と湯茶が用意された心強さは印象的でした。

幸いなことに、この砲撃は敵の単なるチョッカイ程度のものだったらしく、一時間くらいの砲撃で終わってくれて一同安心した次第です。この当時はラバウル防衛といっても、まだ陣地作りが始まったばかりで、ココッポ地区の部隊も準備はできておらず、大いにあわてた由でした。

その後、私も現地に行く機会がありましたが、不発弾がゴロゴロ転がっており、敵艦は数隻の潜水艦と駆逐艦らしかったとのことでした。しかし、敵砲弾の曳光弾の光の尾が交錯して、砲弾の恐怖を除けば、美事な花火見物であったとのことでした。ラバウル地区の艦砲射撃は、これが最初で最後の経験でした。

現地自活

ラバウル地区は早くから防衛することが決まり、しかも早々と内地との連絡を断たれましたので、現地自活に関する限り徹底しておりました。現地にはいわゆる原住民がほとんどおらず、現地調達可能な物資は皆無に近いのですが、幸いなことに現地自活用の土地はいくらでもあり、熱帯多雨地帯なので、作りさえすれば成熟しましたので、自活が可能であったわけです。

この土地は、ラバウル火山の影響を受け、土地はいわゆるシラス台地でしたが、幸いなことに雨と太陽に恵まれ、ほとんどの植物は良く育ちました。したがってとにかく耕し、植え付け、草取りさえすれば収穫を、期待することができました。

自活の最初はタピオカ作りでした。これは熱帯地方にはどこにでもある作物で、樹高が一〜一・五メートルの小灌木であり、この根の周囲が澱粉質を蓄積して肥大し、サツマ芋状になります。十～十五センチの茎を土に差し込んで植えれば、六～十ヵ月で成熟して収穫が可能です。質は澱粉質ばかりという感じで、栄養的には大変偏《かたよ》っており、カロリーはとにかく、蛋白質の不足には誰も悩んだ次第です。

しかし、当時の軍の方針がタピオカ一点張りで、蛋白質については経理部はもちろん、軍医部の方からも何ら注文は出ず、私はこれでは栄養が偏ることを心配しました。この点、後になって軍も気づいたらしく、蛋白質についても配慮されるようになりましたが、この時は全般的に兵隊たちはひどい栄養失調に悩まされたものでした。

初期の自活は農具とてない現地では、道具といえばもっぱら軍用の円匙（スコップ）のみでした。鎌は若干の追送品があり、これは大変助かりました。この鎌で茅萱を刈り、タピオカの苗木を差し込んで植え付け終わりです。

この方式で十分活着して大きくなりますが、これと競争するように茅萱の勢いも強く、草取りが大変でした。それというのも、茅萱など雑草の根を取らず上部のみ刈って植えたので、さすがのタピオカも雑草に負けました。いったん植え付けをした後では、周囲の草の根を掘り出すことは大変なことが分かり、その後は例のシャベルで徹底的に雑草の根を掘り取り、その後にタピオカを植えるようになりました。

こんなとき、この現地自活の模範的存在であったのは、われわれの同業者の集団である兵站病馬廠でした。この部隊は北海道の旭川で編成されたもので、兵員の大部分は北海道出身の将校、兵から成り、しかも砲兵、騎兵、輜重などのいわゆる乗馬隊出身の予・後備の召集兵で、生業として農業を営む中堅的な社会人でありましたから、自活という内地の社会の延長的な仕事にはもっとも向いた存在でした。しかも北海道という比較的欧米の洗礼を受けた大規模農法に馴れており、すべての面で各部隊の模範的な役割を果たし、何回も軍の表彰を受けたほどでした。

たとえば農具についていえば、お得意の蹄鉄工兵の腕と工具を活用して馬耕用の大型の鋤《すき》やハロー（砕土器）などを作り、現地では考えられないほどの大規模農耕をやってのけました。しかもこの部隊はラバウル上陸後、移動したのは一度きりで、ずっと同じところに居続けましたので、他の絶えず移動を続けた部隊とは異なり大いに有利でした。

そのうえ、これら馬耕用の馬はすべて入廠馬で、前述のごとく書類上は殺したもので、いわゆる員数外の馬がいくらでもいて利用できました。そのためこの隊は、タピオカはもちろん、サツマ芋、タロ芋、唐もろこし、陸稲《おかぼ》まで作りました。この他野菜、果物としてパパイア、バナナなどを大規模に栽培しておりました。

この部隊の特技は、内地から出征して最初に上陸したフィリピン在住時代、現地人に習って椰子《やし》酒の製造法を手に入れたことです。この点、私も腹心の下士官を送り込んで、さっそく秘法の伝授を願いました。この技術は各部隊ともに熱心に稽古に励み、終わり頃には焼酎には皆、不自由しなかったほどでした。

さて酒の製法については、各部隊それぞれ苦心したようです。ほとんどの方法は残飯、空襲による焼け米、さつま芋と原料はいろいろでしたが、いずれも澱粉質を原料にして、これに醗酵用の酵母原料にはエビオス錠を用いました。エビオス錠はビール酵母を乾燥錠剤化したもので、上記の原料を煮て、これに酵母菌を加えますと、糖化とアルコール醗酵の両方が進行して、いわゆる「どぶろく」になるわけです。

しかし、一般的には蒸留器の制作は無理でしたので、初期には、ほとんどこの「どぶろく」のまま飲んでおりました。なお、この「どぶろく」の原料は即、食糧でもありますので、次第にこの方法による酒作りは食糧事情から無理となり、各部隊ともにヤシ酒へと移行していったわけでした。

やし酒の作り方は、まず十メートルくらいの椰子の木に、蹄鉄で作った足場を一定の間隔で打ち込み、電柱と同じように登りやすくします。ついでちょうど花の咲く直前の花芽を見つけ、これが咲いて破れると困るので、電線を一定の間隔で巻きつけ、一本一本固定して花芽が咲き広がらないようにした上で、先端に鉄線を結び、これを下方の葉に結んで引っ張って、花芽全体が自然では斜め上方に向かっているのを、次第に水平以下に引き下げます。

ここで大切なのは急激に下げないことで、もし性急に下げると、外見は異状がなくても、花芯は大変デリケートで芯が折れてしまいます。すると、もはや樹液は出てまいりません。目的は花の咲く時に出る旺盛な樹液を採取することで、これを醗酵させてアルコールを作ります。それで慎重に徐々に引き下げて行き、花芽の先端が水平以下に下がって、出た液がもはや芽の縁を伝わって幹の方へは流れない状態にまで来た時、花芽の先三分の一を鋭利に研いだ鎌で直角に切ります。すると、ちょうど糸瓜《へちま》の水を取る時のような勢いで樹液が滴《したた》り落ちてきます。これを現地の太目の竹を三節抜いた容器に受けて貯《た》めるわけです。

この竹の容器は、新しい場合にはまだ醗酵菌が増殖しておりませんので、前日竹筒を装置して一晩貯めて採って来た液は、まだまったく醗酵しておらず、舐《な》めて見ると仄《ほの》かに甘く、ちょっと青臭い樹液そのものです。病馬廠では、この状態のものをそのまま煮詰めてちょうどジャムと同様のものを作り、椰子ジャムと称して、ただ蒸しただけの味もそっけもないタピオカの絶好のジャム的存在として賞味していました。

この椰子の花芽の樹液をそのまま竹筒に入れて置きますと、空中の酵母菌が落下して、熱帯の高温に醸され、容器の口にカニの泡のようにアブクが盛り上がってきます。一度醗酵しますと、その竹筒の容器にはすっかり酵母菌が付いており、樹液の滴下《てきか》につれて醗酵し、翌日、容器交換に行きますと、口元まで泡が盛り上がってすでに酒になっております。もし新しい竹筒ですぐに醗酵させたい時は、すでに醗酵ずみの液を少し添加すればよいわけです。

この醗酵したての液は、薄い「どぶろく」のような感じで、炭酸ガスが含まれて「スカッ」とした味がしたものです。この樹液は一木の椰子の木から一日に二～三リットルは取れ、これを蒸留器に入れて焼酎にしますと、約三百～四百ミリリットル、大体二合の収量が挙げられます。兵一人で十本の椰子の管理はできますので、毎日二升くらいの焼酎が出来上がり、一週間も貯めると、一コ中隊でちょっとした焼酎パーティーができるほどで、大変助かったものです。

管理のコツは、毎日少しずつ花芽の先を切り戻し、切り口を絶えず新鮮に保っておく必要があり、花芽が短くなって使いものにならなくなった頃には、別の花芽が成長して来ますので、一度足場を作って設定した椰子の木は当分使えるわけです。

現地自活では、各部隊それぞれ創意工夫を凝らしておりました。ある部隊は玉蜀黍《とうもろこし》に主点を置き、これで食糧のかなりの部分を補っておりましたが、なにぶんこの粒を潰す器材がなかったので、粒のまま煮ていたため、一度試食しましたが、ちょっと咽喉を越し難い感じでした。また、ある部隊では、どこから持って来ていたのか高粱《こうりゃん》の種があり、これを大々的に作り、食糧にしておりましたが、これも加工がむずかしく、大変食べにくいものでした。しかし、馬糧としてはすぐれておりました。

私は昭和十九年の八月から師団司令部に転属しましたが、この時の現地自活の主力は陸稲づくりで、雑草取りがわれわれ手伝い組の主な作業でした。開墾から種蒔《ま》きまでは独自の自活班がやり、雑草取りが大変なため、将校以下全員の出番となりました。何しろ大部分の連中は農業の無経験者ですので、稲と雑草の見分けができず、しばらくはこの区別教育に時間がかかったほどでした。それでもどうにか稲が花を咲かせ、最終的に籾《もみ》を穫《と》り込むことができました。

ただ、困ったことは、熱帯では内地と異なり、稲がいっせいに花が咲き、熟するわけではなく、もちろん一番先に花の咲いたものは一応熟しますが、後から後からと分蘖《ぶんけつ》してつぎつぎに花が咲き、どこで打ち切ればよいか分かりません。結局、最初の稲が熟した段階でこれのみ刈り取り、あとは全部鋤《す》き返して、新しい種を蒔くことにしました。

収穫したばかりの籾は、ドラム罐に入れてありましたので、夜陰に乗じて盗んで来て籾ごと一升ビンに入れて棒で突き、脱穀兼精白をやったものでした。もちろん完全な精白など望むべくもなく、やっと半分ほど皮の取れた段階で、さっそく飯盒と携帯燃料で飯にしました。穫り立ての白米特有の香りが漂って新米の味はかけがえのないものでした。しかし、この新米の味は暑い熱帯では急速に失われて、次に一ヵ月ほどしてふたたび同じことをやった時には、あの新米独特の香りはまったくありませんでした。

最初の頃は収量がよいことから、現地自活の作物はタピオカが中心でしたが、これはあまりに澱粉質のみで栄養的にも問題があり、しかも大変まずいので、自活の主力は薩摩芋となりました。薩摩芋も大変作りやすく、植え付けてから三ヵ月で収穫可能でした。

しかし、この薩摩芋は現地にたまたま生えていた原種のためか大変水っぽく、いわゆる、薩摩芋という味ではなく、大根に毛の生えたような感じでした。しかし、一応満腹感を得られるので、これが主食の中心的存在で、あとは備蓄中の内地より追送の米と一部乾パンを一緒に炊き込んだものが補充的な存在でした。

こんな食事でも、三度三度食べられる陸軍はまだましで、海軍部隊は大変でした。海軍は内地との連絡のあるうちは豪勢な食事を楽しんでいましたが、いったん追送が切れてからは気の毒でした。何しろ陸軍は、中国大陸でさんざん現地自活の経験を持っていますが、そのキャリアのない海軍は、内地との縁の切れ目が食物の切れ目となり、一食は椰子の実一個ということもあったと聞きました。

現地自活は、初期のうちは主食が中心でしたが、次第に落ち着くにしたがって、野菜や副食的な物にまで手を伸ばすようになりました。野菜の中心はナス、カボチャ、ササゲなどで、部隊によっては現地のカラシナなども作っておりました。内地との連絡のあった頃は、内地のいろいろな野菜の種子も入手可能でしたが、大部分は一代限りです。

花の咲くべきものも、みんな先祖返りをして花はすべて緑の葉にもどってしまって種子が取れません。しかし、たまたま現地の気候に合ったものは種が取れ、再生産がきくわけです。葉菜類でも改良種の白菜などは全滅で、原種に近いカラシナは種が取れました。

終戦後は全軍を八ヵ所の集団とし、この周辺で本格的に自活に励んだわけですが、この時にはどうして入手したのか、熱帯黒大豆、緑豆、落花生など蛋白質の含有の多い作物も作られるようになりました。それで黒大豆や落花生を原料に豆腐も作られるようになり、栄養的にも明るい見通しが得られるようになりました。またオクラの種子が手に入り、これを自分の宿舎の前に二、三本植えておき、毎回食事のたびに若い莢《さや》を二〜三本取って、生野菜の補給とするに格好な物でした。

　また、現地にいくらでも自生していて、いわば野草的存在で充分野菜代用として用いられるものもいろいろとあり、初期の頃はもっぱらこのお世話になっておりました。その代表的な物はまずパパイアです。これはもちろん宿舎の周辺にも栽培しておりましたが、どこにでも生えており、熟したものは果物として大変美味ですが、未熟なものでも野菜または主食の増量材として格好のものでした。

　まず主食と一緒に炊き込み、野菜としてはナスやキュウリの代用に塩漬けや、乾燥味噌漬けにしてお新香にします。さらにこの中心部の若い葉は乾燥して、タバコやお茶の代用品にします。また古くなって果実を着けなくなったものは、切り倒して根を掘り出し、中心部の軟《やわ》らかい部分は大根そっくりでなかなかの味がします。

　次は椰子について。盛んに陣地を作っていた頃は、掩体用に盛んに椰子を倒したものです。この椰子の葉の中心部の軟らかい部分が筍《たけのこ》そっくりの、これも大変美味な野菜でした。オーストラリア植民地時代でも、この「椰子筍」は貴重な椰子を一本犠牲にしなければならなかったので、大変贅沢な食品であったと聞いております。

　その次に多かったのがカボチャです。この地帯は前にも申し上げたようにココヤシが代表的な産物で、この地がドイツ植民地であった頃から盛んに椰子の植栽が行なわれ、我々のいた地帯の大部分はこの椰子の植栽でおおわれておりました。しかもラバウルは火山帯のため、地面がシラス台地で、雨期には毎日のように降るスコールで表土が流れます。これを防ぐため、椰子の下草として蔓草《つるくさ》の葛《くず》が植えられてカーペットになっておりましたが、一部の地方ではカボチャで代用されていました。

したがって、カボチャはいたるところに自生しており、すっかり野性に還って、実はほとんどなく、あっても大変水っぽくて賞味するに足らず、新芽だけは無尽蔵にあり、我々も終戦直後の、新しいキャンプでまだ自活が軌道に乗らない間は、もっぱらこのカボチャの新芽に頼っておりました。朝起床時の運動がわりに各自それぞれ袋を持ち、このカボチャの新芽を採集したものです。

椰子の植栽については前に述べましたが、戦争になって後、管理人もおらぬところから、熟して落ちた椰子の実が木の周辺に芽生えて、ちょっとした小ジャングルという感じになっていました。この椰子の実が大変良い食料であり、野菜であり、また油脂の原料です。

落ちたばかりの実は割って、そのまま中の水を飲んでもよいし、完熟してコプラとなったものは、蹄鉄で造ったギザギザの歯車（ギザギザ台）で細かくしてアラレを作り、醤油をかけると、大変美味な「ふりかけ」になります。

またこれを集めて兵隊の靴下に入れ、自動車のジャッキで圧力をかけて搾《しぼ》ると、ミルクのような汁が出ます。これを飲んでもよいし、またドラム缶で椰子殻を燃料にして煮詰めると椰子油となります。それでどの部隊でも「椰子係」を決めて、一部は椰子酒を、一部で椰子油を作って自活をしておりました。

少し芽を出しかけた果実を割りますと、中の水はなくなっており、代わりに「リンゴ」状のものが詰まり、コプラも半分くらい溶けてなくなっております。この「りんご」状のものは仄かに甘く、サクサクとした歯ざわりで、われわれは「ヤシリンゴ」と称して空腹を癒《いや》したものでした。

芽を出して一～二年経た、人の背丈くらいの新しい子椰子の木を切り取り、この中心部を取り出すと、ちょうど内地の筍くらいの白い部分が取れ、これは大木の椰子をわざわざ切り倒すよりも簡単に椰子筍を採ることができました。

このほか、馬の放牧場の一部には原種と思われるトマトが自生しており、直径一～二センチくらいの小さいトマトが無数に地面を匍匐《ほふく》して群生しておりました。マラリアの熱発でまったく食欲のなくなった時でも、このトマトだけは食べられ、当番兵に頼んでよく取って来てもらったものでした。近年、日本でミニトマトを見ると、懐かしい気持になります。

自活作業で兵隊がもっとも力を入れたものは、煙草の栽培でした。しかもこれはごく最初から実行されて、タピオカなど食糧の耕作面積のノルマ達成は、どの部隊でも大変だったのに比して、煙草のみは早々に達成したようでした。そのうえ、いよいよ成熟してそろそろ収穫という頃になると、不寝番を立てるほどの気の入れようでした。私は喫煙の習慣がなかったので、煙草好きの心理は理解できませんでしたが、一般に煙草に対する将校以下の思い入れは、すさまじいものがありました。

一方、現地には野生の煙草が自生しており、これは大変ニコチンの強いものでした。現地人から私の連隊付の軍医さんが現地葉の葉巻きを手に入れ、これをうまそうにプカプカ吸っておりましたが、そのうち急性のニコチン中毒を起こし、気分が悪いと半日寝込んでしまったほどでした。しかし、こんな煙草も加工の方法があるらしく、兵隊は喜んで吸っておりました。もっとも、中毒を起こすほどには各人には回らなかったのかも知れません。

前にも言ったように、熱烈に煙草を欲する人は、パパイアの葉まで吸っておりました。それにつけても、もっとも不足したのは、煙草の葉よりもそれを巻くための紙であったようですが、煙草に関心の少なかった私にはあまり理解できないことでした。

初期の頃は定期的な加給品として、酒、煙草、それに甘味料としてミカンの缶詰や羊羹、金平糖などが出されておりましたが、内地との連絡の停止と共に、いつとはなしにこんな物は出なくなってしまいました。私は初期のうちは煙草はすべて当番兵にくれてやりましたが、物資が不足がちになるにつれて、物々交換用の原資となりました。もっとも多かったのは、「ほまれ」一本と「蝦蟇《がま》」一匹で、兵隊は喜んで交換に応じてくれました。これは私の貴重な蛋白源となりました。

また、これは自活とは関係ありませんが、現地の植生の中でもっとも特徴的だったのは

「ゴム林」でした。これは直径が大きい林では、数十メートル〜数百メートルにも達する大樹海とでもいうべきもので、樹高十メートルくらいのゴムの木が順次、枝から気根を下ろし、これが根づくとさらに枝を外側に張り出し、またこの新しい枝から気根を下ろすという方式で、次第に勢力を周辺へと拡大してゆくのです。そしてついには大樹海となって、上部は完全に枝葉でおおわれ、直射日光が射さないので、下には何も生えていませんでした。

このゴム林の中は、格好の物の隠し場になって、初期のうちは兵器、弾薬、食糧などの軍需物資を置いておりました。

そのうち敵の知るところとなり、爆撃されるようになりました。敵の爆弾の落とし方は、最初、瞬発信管付きのものを投下します。この爆弾は、ゴムの木の上部の葉や小さい小枝に触れてすぐ爆発します。それでこの爆弾でゴム林の天井を取り掃《はら》い、下に何か物資を発見すると、次に破壊力の強い爆弾を落とすやり方をとっておりました。ゴム林は椰子林の中などに大小取りまぜて方々に拡がっておりました。

トリウ作戦

ラバウル地区への八万名からの大軍の集結は、豪州作戦という大変無謀な作戦でしたが、当時としては本気だったわけで、そのため一万頭近い軍馬が集められました。

しかしラバウル以外には出られず、しかも防衛にしてもほとんど陣地に立て籠《こ》もり、移動にしてもトラックの利用が充分可能で馬の出る幕はない状態でした。これでは馬はすっかり無用の長物と化し、部隊からも邪魔物扱いの有様でした。こんなとき、馬の唯一の出番であったともいうべき「トリウ」作戦が始まったわけです。

ラバウルの在る島はニューブリテン島で、ちょうどバナナのような形をしており、ラバウルは房についている柄の付着部分に当たります。バナナは東西に向かっており、西の端の花の部分が「ツルブ」でニューギニアにもっとも近い場所です。ここに第十七師団（防諜名、月兵団）が防衛についておりました。

この第十七師団は、私の郷里である岡山を中心に兵庫、鳥取などの出身兵で占められており、そもそもこの師団は、岡山に師団司令部があったのですが、大正末期の軍縮により、廃止となり、支那事変になって真っ先に動員された部隊で、最初は中支那地区で作戦していたようです。ところが、南方地区などで兵力不足となり、中国大陸からも兵力が抽出された中にこの師団もいたわけです。

上海から乗船して、台湾で一部の船が米軍の魚雷攻撃を受けて撃沈され、ラバウルに上陸したのは一部欠落の部隊でした。ところが、中国大陸で苛《いじ》められた経験のない部隊の悲しさ、上陸した直後、道路わきに叉銃《さじゅう》してのんびり大休止していたところへ、真昼の大空襲を受け、大損害を出し、近代戦のキビシさを痛感させられた挙句、ニューブリテン島防衛のため、さらに西の要所へ展開して行きました。

　ここで陣地の構築にかかったわけですが、ラバウル地区と異なり、資材も少なく、時間的にも余裕がなかったところへ、十八年の末期、マッカーサーの「蛙飛び作戦」の一環として、このツルブ地区へ敵軍が上陸して来ました。

　聞くところによれば、ある朝、突如として雲霞のごとき敵の舟艇の大群が殺到して来て、十七師団はほとんど抵抗もせず撤退したようです。一度敵に上陸を許した以上、あとは踏み止まる拠点もなく、撤退に撤退を重ねた次第です。

　しかもこの撤退が大変で道らしい道もなく、しかも途中、食糧の準備もなく、また、ほとんど住民の住んでいない地域での撤退ですので、口にする物は何もありません。たとえあったとしても、一コ小隊も通れば現地人の畠など、たちどころになくなってしまいます。それで食糧もないまま敗走して来たわけです。

　島の中央部分のガスマタ地区には、三十八師団の一コ大隊がおりましたが、これらも一緒に撤退して来て、ニューブリテン島の兵力はすべてラバウル地区に集結してしまうことになりました。そこでラバウル部隊としても、この撤退を助けるためにトリウ作戦が始まったわけです。

　この作戦はジャングルの中に道を作り、できるだけ多くの食糧や被服を前線の撤退中の友軍に提供することです。この作戦に従軍した主力は輜重《しちょう》隊四コ中隊のうち、唯一の馬匹《ばひつ》中隊である第一中隊が担当することになりました。しかもこの中隊の現有兵力のみでは馬も兵力も不足でしたので、馬は我々の管理中のものから選抜提供し、また獣医部の下士官を応援に差し出しました。

この下士官は最初、私の部隊の第三大隊の軍曹を指名いたしました。獣医部長に申告の際、部長は彼の顔色を見て、これでは勤務に耐えられないのではないかと、変更を私に命じました。じつは彼は南支の広東以来の兵隊で、確か昭和十三年の兵隊でした。南支、香港、インド支那（ベトナム）、ジャワ島、ラバウルと転戦しており、この間マラリアに感染すること数知れずで、いわゆる土色の顔をしており、満州から着任されて間のない獣医部長には、いかにも異状に見えたわけでしょう。それゆえ、交代要員として最近転属して来たばかりの別の軍曹に変更いたしました。

この時の処置を大変感謝している第三大隊の軍曹は、掛川市の出身ですが、今日にいたるまで年賀状のやりとりが続いております。一方、交代要員として作戦に参加した軍曹の方は、作戦中マラリアが悪化して入院してしまい、作戦終了後半年もたってやっと復帰して参りました。すでに体力消耗していた掛川の軍曹では命もなかったでしょう。

とにかく、この作戦は道のないジャングルの中に道を切り開き、大量の物資を無理にピストン輸送した関係上、馬の消耗も多数だったとのことでしたが、急を要した関係上、損害をかえりみず作戦を強行したようでした。

月兵団の撤退部隊は、日本軍とすればまことに恥ずかしい限りながら、銃も捨て、まず毒ガスマスクを燃やして飯盒炊飯の燃料に使い、最後には銃剣（これはタロ芋掘りに有用）と飯盒、水筒のみといったいでたちで撤退して来たといわれております。

師団長でさえ、途中まで出迎えた馬に乗って帰着しましたが、その姿たるや褌《ふんどし》一つで防暑帽をかむり、「御苦労、御苦労」と敬礼しながら帰って来たと、作り話のようなエピソードが語り継がれていたほどでした。とにかく、この作戦では友軍の一部をできるだけ多く収容することには一応成功をおさめ、この第十七師団は兵器や馬の補給を受けて、ラバウル地区の西半分の防衛を分担することになりました。

悪食のすすめ

ラバウル地区は、現地人の人口がほとんど問題にならないくらい少数で、このことは現地の物資は一切期待できないことになります。利用可能なものは「ココ椰子」くらいなもので、食料のうち蛋白質の不足は決定的でした。そのため兵隊の栄養失調も当然のことでした。私としては部隊全体などと大それたことを心配する立場になく、またたとえ頼まれてもできない相談で、自分自身を護るのが精一杯の努力でした。

周辺を見回して利用できそうな蛋白源を捜したところ、まず可能性の高いものに「ガマガエル」の存在に気がつきました。現地ではこの「ガマガエル」がかなり多数おり、しかもこれは大変捉《つか》まえやすい動物でした。

ガマは皮を剥《む》き、後ろ足だけにして椰子油で炒《いた》め、粉醬油で清《すま》し汁にし、そこいらに自生している小型の唐辛子の葉の新芽を青味に入れると、大変美味な汁が出来上がります。黙って人に食べさせると、「若鶏」と間違えられるほどの味でした。また、「さつま芋」と煮込んでも乙な味でした。

このガマは煙草が給与されていた頃は物交により、後には給与がなくなってからは自前で捕捉したものでした。ガマは皮を剥けば、味も姿も食用ガエルとまったく区別できない存在でした。部隊によってはかなり愛好者もいたようです。しかし、内臓と、とくに卵巣はある時期には有毒化するらしく、海軍では中毒をおこした話を聞いたことがあります。筋肉のみ食べる分にはまったく美味そのものでした。

次に多く利用したものは「ヘビ」でした。ラバウル地区には毒蛇はほとんどおりませんでしたが、「ニシキヘビ」は沢山いました。しかし、いわゆる大蛇にはお目にかかれず、せいぜい二メートルくらいのものばかりでしたが、よく捕らえることができました。この蛇は夜、ニワトリを襲うので、鶏の悲鳴を聞いて飛んで行くと、大きな鎌首をもたげています。棒で横に払うと簡単に捕《と》ることができました。ただ蛇は捕ることは簡単ですが、筋肉は大変筋が硬く、食しにくい存在でした。

ニシキヘビのほかにも、ずんぐりとした赤黒色の少々グロテスクな三十～五十センチ前後のへビもよく捕らえられました。いずれも硬く、美味な部分は心臓と肝臓だけで全体に筋っぽいもので、義理にもうまいものではありませんでしたが、栄養のため無理して食べたものでした。大トカゲもときどきニワトリを襲うのですが、こちらは大変素早くて、めったに捕らえられませんでした。

終戦後のキャンプ時代に主として愛用したのが「袋ネズミ」でした。これは椰子林の下草の葛を畠にするために刈り取るのが毎日午前中の日課でしたが、この葛をカーペットを巻くように一方から巻きながら除草してゆくと、葛の下にいたのが「袋ネズミ」でした。最初は有袋類とは知らなかったのですが、殺して脇に置き最後に集めたとき、育児嚢の入口が開いており、中に二～三ミリ程度の胎児様の子ネズミのいることに気づいたときは驚いたわけです。

ネズミはモルモットくらいの大きさですが、皮が大変やわらかく、毛を持って引っぱると容易に皮がちぎれるほどでした。よく肥えたブロイラーの羽毛をそのまま引っぱると、皮も一緒に取れてくるのとそっくり同じの状況でした。

このネズミは皮下脂肪に富み、肉もモルモットそっくりのピンク色をしており、皮と腸だけを除き、あとはそのままで煮ますと簡単に肉が骨から離れ、しかも脂肪がほどよく乗って大変美味で、とにかく最高の味でした。ただ欠点は数がそれほど多くなかったことでした。

食用カタツムリも、後半の大きな話題でした。これはフランス料理（エスカルゴ）に用いられているものです。しかし、現地でのカタツムリは調理方法も知らず、調味料もない状態でしたので、ただ煮るだけで、栄養のためにと目をつむって飲み込んでおりました。しかし、試食人口はこれが一番多かったと思われます。

このカタツムリが、なぜラバウルで大繁殖したのかといえば、長野獣医部長の思いつきが原因です。部長は満州から当地へ赴任の途中、パラオ諸島に立ち寄った際、この「カタツムリ」が繁殖しているのに注目し、ラバウルでも繁殖させようと考え、十個ばかり捕らえ、段ボール箱に入れて持って来ました。

これをラバウル上陸後、司令部のあったガバンガに来るまでトラックの荷台に置き、そのまま忘れていました。ラバウル防衛のため、司令部も他に移動し、この地区は他の歩兵部隊が陣地に付き、その周辺の畠を作っていたところ、この十個のカタツムリがトラックから逃げだして大繁殖し、これらの部隊はせっかく作った畠の作物を食い荒らされて困るということで問題になったわけです。

このほか試食したものでは、「大こうもり」があります。あるとき当番兵が串に差して焼いた「焼きとり」様のものを持って来てくれました。食べて見ると、なかなかイケル味で、後で聞くとこれが大蝙蝠《こうもり》でした。大蝙蝠は昼は枯木の大木の枝に真っ黒な紡錘形で無数に集まり、まるで果物が鈴成りに成ったように、逆さ吊りにぶら下がっています。これを下から小銃で撃ちますと、当たり所が悪いと蝙蝠は「バット」ばかりにその瞬間、枝を握り締めたまま息絶えて、腐って落ちるまでその枝から離れないといわれております。

この蝙蝠は、主としてパパイアなど植物性の食物を食べ、平素は夜行性ですが、空襲があって付近に爆弾が落とされると、いっせいに飛び立って壮観です。翼を拡げると一メートルくらいになりますが、胴体は三百グラムぐらいしかなく、食べられる部分も多くはありません。

記録に残すには少々ためらわれるものに馬肉があります。兵站病馬廠に入廠させた病馬で、前に述べた仮性皮疽の重症馬で、治癒の見込みのない馬は殺処分にして、肉は燻製《くんせい》にしておりました。この部隊は北海道出身者で占められていた関係上、この種の加工は得意でした。半地下の三メートル四方くらいの部屋を作り、ここに肉を吊るし、煙道を通じて熱い煙を送り込み、肉は乾燥兼燻蒸《くんじょう》する方法で、燻煙材料には現地に無尽蔵ともいえる椰子の外殻を利用しておりました。

彼らはこの肉を満州などで獲《と》れた「ノロ」（鹿の一種）と称して大いに活用しておりました。これは真っ黒でカチカチの代物《しろもの》で、まるで「するめ」でも裂くように筋肉の繊維にそって裂いて食べるのです。私も病馬廠へ行ったとき、たまにお土産にもらって帰っておりましたが、部隊にいたころは他の将校への遠慮もあり、ほとんど食べませんでした。が、帰還船上ではヒマにまかせて食べ、これで帰還船の栄養失調的な食事の不足を補っておりました。

湿地ガニ。これは悪食ではなく、大変美味な存在でした。ただ、このカニがいるところがガゼル半島の湿地なので、簡単には取れないのが欠点でした。というのは、ここは有数なマラリア蚊の本場で、熱発覚悟でなければ採りに行けない場所に産するわけです。大きさは内地の川にいるいわゆる「モクズガニ」大の蟹で、味などもよく似ておりました。印度米袋を持って、防蚊膏をよく塗って出かけるのですが、とにかく、もの凄い蚊で、まずこの蚊に刺されずには蟹は採れません。それで、この地区の部隊より司令部などへのお土産は、この蟹が最高でした。

このほか、現地人の食していたものに、サツマ芋などの葉を食う芋虫がありました。現地人は生きたままポンポン口の中へ抛《ほう》り込むのです。しかし、さすがに私もこれにはまったく手が出せませんでした。おそらく兵隊の中でも、これを味わった者はほとんどいなかったのではないでしょうか。

物々交換

ラバウル地区の現地人の数は、大変少なかったので、彼らの生産する物資も微々たる物で、物々交換そのものもいたって小規模でした。しかし、目さきの変わった食品を求めて、何とか交換を行なっていました。軍票はありましたが、彼らは受け取りをまったく拒否しましたので、交換しか方法はありませんでした。上陸してしばらくたつと、内地から種々の軍需品の追送が軌道に乗って来ましたので、物交のタネには不足しませんでした。

現地人のもっとも好んだのは日本酒でした。現地人には絶対に酒を飲ませてはならぬというのが軍の方針でしたが、彼らが最高に好むので、なりゆき上、活用されておりました。

次の好物は缶詰で、とくに牛缶、次は鮭缶で、その次の好物は塩でした。そこでよく塩鮭が用いられました。これは当時でも貯蔵が利いたので追送されて来ましたが、腹一杯に塩の詰まった塩辛いばかりの鮭は、兵隊たちが「猫股」と呼んで嫌悪するものでありました。いささか贅沢な話ですが、鮮魚の豊富な中京、静岡地方では猫も食欲を催さず跨《また》いで通るという意味で、後になって追送が切れて物資がまったくなくなってから、いくら懐かしんでも後の祭りでした。

現地人が好んだのは鮭の味ではなく、塩を欲しがったわけで、塩鮭二匹で小豚一匹と交換ができました。我々も豚がもっとも希望でしたが、現地には適当な飼料も少ないので、豚の資源も少なく、なかなか手に入れられませんでした。しかし、せっかく手に入れても日本兵の豚の料理はじつに下手で、まず皮を剥き、次に内臓を出して肝臓だけは利用し、筋肉だけ取って後は全部捨ててしまいます。

それでこのことを知った私は、豚が手に入るとあらかじめ予約して棄《す》てる部分を全部もらって料理することにしておりました。すなわち皮と頭は丸ごと煮てから毛を除き、ゆっくりと二時間くらいかけて煮込みます。小豚の頭はよく煮こみますと大変美味で、しかも食べられる部分が大変多いものです。頭の皮はもちろん、耳も鼻も舌もすべて柔らかく美味でした。頭の骨もこれくらいよく煮ますと、バラバラにほぐれて脳みそも取り出せます。脳みその美味《おい》しい食べ方は、ちょっと大きい豚では生の状態で骨を切って取り出し、脳だけ薄く切って椰子油でカラ揚げにします。これは大変オツな味のものでした。内臓は胃と腸を開いて内容をすっかり出して洗い、小さく切って醤油で佃煮とします。このとき、野生の唐芥子《とうがらし》の実と葉を入れるとまことにオツな味となり、現地でも貴重な保存食になりました。それからこれは獣医部長から聞いた満州人のやり方ですが、すっかりシャブッた豚の骨は、ハンマーで砕いて鶏の飼料にしますと、大変喜んで食べてくれました。要するに、豚で捨てるところは毛と蹄先くらいなものでした。

豚のほかに彼らの持ってくるものはバナナが多く、このほか、タロ芋、パパイアもときにはありました。バナナは現地のいたるところに自生していた種類もありましたが、ときにはかなり美味な種類も含まれており、しかもいずれも熟成ずみのもので、すぐ食べられるのがミソでした。

軍馬の還送作戦

前にも申し上げたように、ラバウル地区はニューギニア、ソロモン群島を経てオーストラリア、ニューカレドニア方面に進攻する目的でおりましたが、これがガダルカナル、ニューギニアで蹉《つまず》いてしまったわけです。

この作戦のために多数の軍馬が集中されていましたが、制空権を取られては軍馬を使用する途はほとんどなくなってしまいました。いたずらに貴重な軍馬を占有していることは、いかにも不合理でした。そこで大陸など実際に馬を必要としているところへ移管してはということが持ち上がり、軍需物資を運んで来た帰りの空船を利用して、ひとまず内南洋のパラオ島まで下げようという作戦が立てられました。しかし、このときは昭和十八年十一月頃で、すでに十月に始まった敵の反攻の極に達していたときだけに、この作戦の実行は大変困難と考えられました。

しかし、作戦は実行に移され、われわれのところでも移管する馬の選定、これを移送する兵、指揮官の選出など大騒ぎの末、とにかくココッポ海岸の乗船地に向け、行軍で出発させました。

途中何度か空襲の危険に会いながら、どうにか海岸まで行き着いたのですが、乗船させるべき船がすべて空襲により撃沈されてしまい、この作戦は不発に終わってしまいました。それでまた、大変な危険を冒しながら、とにかく全員無事に管理隊まで帰還できたのは大変幸運でした。

兵站病馬廠

病馬廠については前にも述べましたが、とくに私にとって縁が深かったのは、この部隊がわれわれ獣医官で編成された隊というだけでなく、この隊の第二中隊の中隊長が私の先輩であったからです。内田大尉は大学は私の二年先輩でしたが、陸軍に志願して陸軍獣医学校の卒業は一年先輩でした。

この部隊は北海道出身者で占められていた関係上、大変生活力があり、現地自活はラバウル随一で、前に申し上げたように椰子酒をはじめ、とにかく余裕綽々《しゃくしゃく》たる日常でした。それでときどき用事を作っては訪問し、さんざん御馳走になったものでした。

この病馬廠の付近一帯は、私たちの連隊の第一大隊の防衛分担区域でしたので、管理隊から原隊に復帰した後、この隊の馬の衛生状態を視察する名目で出かけ、宿舎を第一大隊にしないで、この病馬廠を利用しておりました。

昭和十八年の七～八月頃はまだ敵の反攻もなく、今から考えると束の間の平穏な時代だったようです。それで私どものいた管理隊と病馬廠とは距離的にも四～五キロメートルで、用事にかこつけては内田大尉を訪ねて、たっぷりと椰子酒を飲んでおりました。

あるとき、夜までねばり馬に乗って帰りかけますと、大きな満月が出ており、まるで新聞でも読めるほどの明るさで、月光が椰子の葉にキラキラ反射し、この椰子の並木の下を軽く酔ったままゆらゆらと馬上で揺られながら、ゆっくりと帰路についたものでした。ただ、馬に乗り揺れておりさえすれば、馬は賢く帰る途を心得ていて部隊まで運んでくれるわけで、これが戦地とは考えられない一時でした。

病馬廠の本業は、当然のことに病馬の治療でしたが、当時の状況ではそれ以上に現地自活の要望が強かったようでした。この点、自己生産物を各部隊に流すには、とても兵力の関係上無理でしたが、自活法の見本的存在で、これは部隊が北海道の大農法を職業としている兵隊で構成されているという特殊事情のせいですが、とくに農耕法では馬用の犂《すき》、ハローなどの農機具を自分たちで造り、各部隊に普及させました。

これらの材料はドラム缶、ラバウル市内の倉庫の骨格であったアングル鋼、自動車の折れたスプリングと、何でも活用しました。とくに喜ばれたのが、海軍の飛行場の滑走路の舗装に使っていた「X板」で、これは鋼板だったので大変重宝がられました。

一般にもっともありふれてすぐ使用できたのがドラム缶でしたが、これは軟鉄だったため、何を作ってもいわゆる「なまくら」で、このままではほとんど使用できません。軟らかい鉄を硬くして「焼き入れ」ができるようにするのが浸炭術で、これにもっとも向いているのが例の青酸カリ（ソーダ）ですが、あいにくと現地にはありません。それで考えたのが鋳鉄《くず》の利用です。これは炭素が多いため硬く、また鎔けやすい性質を持っておりますが逆に脆《もろ》いわけです。

この鋳鉄（いもの）を細かく砕き砂状にした鉄屑を、ドラム缶で作った鎌や、スコップの刃に当たる部分に乗せ、そのまま熱してこの砂状の鋳鉄を溶かすと、軟らかいドラム缶の鉄の炭素を上げることができ、この処置をほどこした鎌やスコップや鍬《くわ》などは、いわゆる「焼き入れ」が可能となります。焼き入れをした道具の刃の部分は硬く、良く切れるようになるとともに、刃が長く鋭利に保てるわけで、これで青酸カリがなくても、どうにか刃物が造れるようになりました。

また、敵機に焼かれた自動車のスプリングや車軸は、もっとも秀れた鋼《はがね》材料で、これらはそのままでいろいろの刃物の材料になり、とくにカミソリなどでは、ゾリンゲン顔まけの切れ味で引っぱり凧《だこ》でした。車軸は磨耗して短くなってしまった十字鍬（つるはし）のもっともよい原料になっておりました。

このほか農具として脱穀機、籾摺機、選別機、精米機といった本格的なものまで、なんとか現地にある材料で造り、自活の能率を上げておりました。これもみんな北海道出身、馬部隊出身の予備・後備兵で、すでに社会の経験が長かったなど、いろいろ有利な資格を最大限に活用しての成果で、とにかく生活力旺盛というのが実感でした。一般の部隊では応召兵もいたものの、主力は現役兵で、戦闘には向いておりましたが、生活に密着した現地自活となると、やはり年齢を経た連中の領分でした。

兵站病馬廠と同格の我々の同じ分野の部隊に、軍馬防疫廠がありました。この部隊は軍馬の伝染病の診断を主な業務とする部隊で、病馬廠よりずっと小さい部隊でした。場所はココッポの海岸にいたのですが、周辺は爆弾の集積場となっておりました。

あるとき、この爆弾が敵の爆撃の余波により大爆発を起こし、これが周りの茅萱に飛火し、つぎつぎと爆発しました。そのため危険でとても近寄れず、すべて防空壕の中に半日くらい入りっぱなしであった由。静かになって出て見ると、爆風と振動で家屋の内と外が入れ替わっていたそうでした。

この部隊はどこで編成されたか不明でしたが、病馬廠と異なって自活能力はほとんどなく、ただ、変わっていたことは診断用の目的で、内地からモルモットを持って来ており、このモルモットは現地の草のみで飼育可能で、軍馬の診断業務がなくなったので、モルモットを増殖させて蛋白質の補給用にしたいと考えておりました。

しかし、なかなか思うようには増殖してくれず、わずかに隊員がときどき試食した程度のようで、われわれすら試食のチャンスはありませんでした。

マラリア熱

ラバウルはマラリアの巣窟であったことはいろいろのところで述べましたが、私も数え切れないほど発熱を繰り返しました。次第に発熱にも馴れて、熱の出かけにはブルブル震え、熱発の最中はそれこそ四十度から四十一度の発熱にうなされますが、半日か一日ですっかり下熱し、熱が下がるとすぐに起きて普通に振舞えます。馬匹管理隊に入ってからは、現地がやや高冷地にあたるためか、海岸地帯にいたときよりも発熱回数は減少しましたが、ときどき無理して仕事をすれば熱を出していました。

私は当時管理隊の連隊本部におりましたが、ある日、隣の第一大隊本部に出かけました。このときは数日前に熱発していたせいか、ここで一晩お世話になったのですが、この晩は変に目が冴えて眠れません。一睡もせず、いろいろのことを考えておりましたが、真夜中を過ぎた頃、突然変な気持になり、眠れない苦痛、戦争に負けている苦痛、また日常のもろもろの気苦労といったものがスーッと消えて世の中が大変楽しく、何でも思いのままになるような気分になりました。

そして、我ながらこの心境はお釈迦様が難行苦行の末に取得された「悟り」の境地ではなかろうかと考えました。しかし、こんな心境は夜明けとともに消え失せて元の状態にかえったのですが、身体の方は大変疲れが残ったように感じられました。後になって連隊長に月例報告をする際、この心境を話しました。ところが、連隊長は大変心配され、さっそくに連隊命令が出て、「大森大尉は当分の間、休養すべし」となりました。

連隊命令には二種類あり、一つは作戦命令で、これは名の示すように直接戦闘に関係する命令で、他のすべての命令は日々命令といわれるものですが、将校が休養するのに命令が出た例はなく、後で各大隊長や将校連中は、将校の病気に命令が必要かと、噂の種になっておりました。連隊長が命令を出したのは、理由があったのです。

前述のように、ラバウルに上陸して間もなく第二大隊長がマラリア熱帯熱にかかり、マラリア性の発狂状態となる大騒ぎがあり、その後、他部隊の少佐、また第二大隊の中隊長の発狂があり、私の話を聞いた連隊長は、またまた大森大尉に発狂されては大変とばかり、連隊副官に命じて命令を出させた様子です。

第二大隊の中隊長は大変丈夫で、頑健を誇りにしておりましたが、昭和十九年の二月十一日、当時の紀元節の祝いを連隊本部でやり、中隊本部に帰るや否や中隊全員に非常召集をかけ、これから敵襲に備えて射撃演習を行なうと、四門の大砲の一斉射撃を命じました。この中隊は私たちが二番目に宿営していたガバンガ湾地区を守備しており、火砲はガバンガ湾に上陸して来る敵を想定して陣地を作っておりました。

兵隊は中隊長の命令ですので、これは連隊命令により中隊長が命じたものと信じて命令通りに発砲しました。砲弾は対岸のガゼル半島の日本軍陣地に飛び込んでしまいました。この海岸線は歩兵部隊が守備しており、要所に歩哨が立っていたわけですが、一発が歩哨に命中してしまいました。

この一斉射撃はすぐ中止となりましたが、後で中隊長がマラリアで一時的な発狂状態になっていたことが分かり、さっそく野戦病院送りでケリが着きましたが、救われないのが立哨中の兵隊でした。内地の犯罪でも、心身耗弱状態のとき犯した罪は罰せられませんので、運が悪かったとしかいえません。このような事例があったので、連隊長は私も発狂したら困るので、早々に連隊命令の発令となったものと思います。

ついでながら、このガゼル地区は我が山砲連隊では第三大隊が分担しておりました。この大隊には獣医少尉二名、同下士官二名でした。そのうちの一名は召集の軍曹で、例のトリウ作戦要員になったものの、あまりに病身らしいとの理由で、勤務を交替させてこちらへ回した男でした。もう一名は現役志願の若い軍曹でした。この男もどちらかといえば元来痩せ型の男でしたが、若いだけに元気で大変張り切っておりました。

しかし、このガゼル地区は音に聞こえたマラリアの汚染地区で、この若い軍曹は平素からマラリア薬のキニーネを常用しておりました。キニーネはマラリアの発熱に対し、初期のうちはたしかに効《き》くようでしたが、この薬を飲んでいても発病した場合、ときとして治療困難な黒水病を引き起こすことがあります。

この軍曹は、この黒水病に罹《かか》ってしまったのです。黒水病は血液中の赤血球が急速に破壊され、そのため小便が黒くなる病気で、これが出ると助からないといわれておりました。私が発病を聞き、見舞いに行ったとき、彼は骨と皮ばかりになって、眼だけ大きく見えました。結局、彼は数日後に不帰の客となってしまいました。

陣地入り（段列《だんれつ》入り）

馬匹管理隊の馬の数も、仮性皮疽などの病疾や事故など、また第十七師団に分配するなどにより減少しましたが、各部隊の陣地作りも一応のメドがつき、後はこの陣地の周辺に自活用の畠を確保して持久戦に入ることとなり、そのためには馬を自活用に活用する必要があり、管理隊は解散して各々の原隊に入ることになりました。これが昭和十九年の四月頃でした。

私は連隊本部に入りましたが、砲兵連隊には段列という機構があり、ここでは弾薬や荷物、それに主計、兵技、獣医などが所属しておりました。連隊長のいた谷はスペースが狭く、段列まで一緒に入れないので、少し離れた谷に入りました。軍医は連隊長と一緒でした。前述のごとく部隊は水が第一ですので、どうしても水のあるところ、すなわち谷となります。谷はまた木により上空遮蔽にもなり、好都合でした。

ブツブット地区視察

ラバウルのあるニューブリテン島の北部南岸にズンゲンという地名があり、ここに歩兵一コ大隊と砲兵一コ中隊がおりましたが、例の十七師団の撤退に合わせて引き上げました。それでラバウル陣地の前進陣地として「ブツブット」が最前線となりました。ここには歩兵の一部と連隊の第五中隊が陣地を作っておりましたので、視察することになりました。ブッブットまで行くには、本部を午前四時に出発、ワランゴエ河を朝早く渡らなければなりません。このワランゴエ河は河口部で数百メートルのかなりの大河で、鰐もいるとのことでした。問題は渡し船で、対岸に行く途中はまったく遮蔽物がなく、敵機に発見されれば一巻の終わりですので、早朝の敵機のまだ来ないうちに河を渡り終える必要がありました。とにかく無事に河を渡り、比較的上空に遮蔽物のない海岸線を、お供の軍曹と二人でひたすら歩き、昼過ぎに目的の中隊に到着しました。

ここの魅力はといえば、ブッブットは小さな湾になっており、この湾内では大きな蛤《はまぐり》の取れることでした。この蛤は蛋白質の極度に少なかった当時と致しましては大変貴重な土産物で、ガゼル半島の蟹と並んで非常に珍重されておりました。私どもがお邪魔することは電話で知らせておりましたので、すでに蛤と大きな紋甲烏賊《いか》が準備してあり、焼いたり、椰子油でフライにしたり、大変な御馳走でした。フライは小麦粉の代用にタピオカの擂《す》りおろしが使われました。ここの湾内には、ときどき敵機が爆撃して行きますが、そのときにはかなりの魚が衝撃で浮くので、結構そのお土産を楽しんでいるとのことでした。

ここの中隊長は、幹部候補生出身から現役志願した人でしたが、大変元気のよい人で、石灰岩のそれほど高くない丘に苦心して壕を掘り、火砲はじめ各種観測、通信の陣地を造り、これをすべて遮蔽した連絡壕で連絡できるように工夫しておりました。馬も半洞窟の掩体を作って、直撃以外の被爆を避けるようにして入れておりました。

本隊から遠く離れたこの前進基地で、日夜陣地に張りついている中隊の連中に、衷心から御苦労様と敬意を表しつつ、大変貴重な蛤をお土産にいただいて帰路についた次第です。ワランゴエ河さえなければ、馬で比較的楽な行程ですが、徒歩では結構、時間と気苦労の距離でした。幸い帰途も敵襲に会わず、無事本隊に帰り、皆にお土産の蛤を大変喜ばれました。

部隊の畜産と付属製品

この頃になりますと、師団の各部隊はそれぞれに陣地を作り、現地自活、道路の補修が当面の作業の大部分でした。自活のための畠はもちろんですが、だんだん余裕ができてきますと、どうしても食物の質の向上ということで畜産が始まります。各部隊での畜産といっても、大部分は養鶏がせいぜいで、豚まで手を伸ばしていたのは、特殊な部隊に限定されておりました。

現地のニワトリは、大変この自活目的に適しておりました。卵を十個から十五、六個も生むと、抱卵活動に入ります。しかしこの卵を取り上げると、ふたたび貯《た》まるまで抱卵活動には入りません。それで急速にニワトリの数を増したいときは卵を取り上げないでおきますと、適当に抱卵して増殖します。また、ニワトリは放っておいても、部隊周辺を歩き回って餌をあさり生きてゆきますが、やはり餌を与えた方がより増殖が早いようです。

現地には大変よい餌がありました。それは白蟻の巣でした。これにはいろいろのタイプがあるようですが、ラバウルの白蟻は、樹の幹のまわりに塚のような巣を作り、大きいのは一メートルくらいの大きな塊となります。兵隊たちは「つるはし」で外郭を容易に剥がしますが、中には卵や幼虫、蛹《さなぎ》などがぎっしり詰まっており、これがヒヨコの絶好の餌で、これを与えればどんどんと育ちます。

この蟻の巣集めは、兵隊の起床時の格好の作業でした。蟻の巣は落葉を蟻が自分の唾液で固めて作るので、比較的毀《こわ》しやすい状態でした。兵隊の単位は中隊で、一コ中隊は百人から百五十人くらいでしたが、この中隊単位でニワトリも飼われ、これが新しい宿営地に入りますと、周辺は蟻の巣がたくさんあり、ニワトリもどんどん殖えてすぐ二百羽ぐらいになります。しかし、二百羽くらいになりますと、一方では蟻の巣が少なくなり、反対にニワトリにはかならずといってよいほど病気が発生して来て、増殖は停滞してしまいます。

各部隊はその頃移動をおこし、また新しい宿営地の建設が始まり、この繰り返しが行なわれておりました。この傾向は現在、我が国で行なわれている牛や豚、鶏等の畜産でも現われており、これがまた現在の我々の畜産技術者の主要な仕事であり、また悩みの種となっております。

規模の差こそあれ、動物は数が多くなるほど衛生上の問題、伝染病が発生するのが生物の法則らしく、この点、五十年前のラバウルで実際に体験した次第です。しかも当時は病気に対する薬物手段もなく、どうしても小規模養鶏で我慢せざるを得なかったのが、われわれの最大の悩みの種でした。

現地の鶏は、夜は皆三〜四メートルの高い木の枝などに止まって眠るので安全でしたが、抱卵中または育雛《いくすう》中の親鶏は危険がいっぱいでした。最大の敵は錦蛇と大蜥蜴《とかげ》でした。彼らは夜、地上に座り込んでいるヒヨコと親鶏を狙って襲うのです。けたたましい鳴き声に懐中電燈を持って行ってみると、たいていは錦蛇が鎌首をもたげて狙っておりました。

ある朝、これは竹で囲った鶏小屋に入れておいた親鶏が死んでおり、よく見ると全体に少し延びて、しかも表面に粘液がおおっており、とくに頭部の被毛のない部分が少し溶けかかった感じでした。しかも竹の囲いの一ヵ所が少し拡がっており、この部分が何かが這ったように綺麗になっておりました。これで分かったことですが、錦蛇が入り込んで親鶏を呑み込んで、いざ逃げようとすると、胴体が異状に太くなって柵から出られず、ふたたびせっかく飲んだ鶏を吐き出して身軽になって逃げたことが想像されました。

彼が呑みそこなった親鶏は、私どもが有難く頂戴した次第です。羽を毟《むし》ってみますと、その下はまったく正常のままでした。解剖したところ、呑むための強大な圧力のためか、卵巣中の大きな卵黄が二〜三個破損していた以外は変化なく、大変美味《おい》しくいただきました。

また、ある日、現地人が一頭の野猪を持って交換に来ました。受け取ってよく見ると、十キログラムくらいの子供で、しかも背中を彼らの大型ナイフ（ブッシュナイフ）で一撃され、深さ脊柱に達する深手を負っておりました。これをすぐ食べたのではあまりにも小さすぎると思われたので、私が治療してもう少し大きくして食べることにしました。

傷口をよく洗い、縫合しました。しかし彼はせっかく傷口を綺麗にして治療しても盛んに土をこすりつけるので、縫合しても傷口がくっつくことはまず無理でした。しかし、彼らの生命力は大変旺盛で、結局、化膿もせず治ってしまいました。飼料としては椰子の実やコプラや膨張缶（缶詰の缶の一部が腐蝕して一部変質したもの）、たまに出る鶏の骨などを与えているうちにだんだん大きくなって来たので、大変楽しみにしていました。

ところがある朝、様子を見に行ってびっくり、全然おりません。背を割られ、二メートルの柵を飛び越すための筋肉が半ば以上切れていたはずですが、見事にジャンプして逃げてしまっておりました。同居の他の将校連中に、元の段階で食べてさえおればと、さんざん恨まれ、悔やんでも後の祭りでした。私自身もせっかくの猪の肉に逃げられて残念至極でしたが、野生動物の生命力、生活力をまざまざと見せられた思いでした。

椰子酒については、兵站病馬廠のところで述べましたが、私自身もぜひ作って見たいと思っておりました。ただ馬匹管理隊には近くに椰子の木がなかったので出来ませんでした。段列（砲兵の砲弾などの隊列）に入りますと、近くに手頃な椰子林があり、さっそく部下の獣医室の曹長を、病馬廠に技術伝習のため派遣しました。この作業に必要な蒸留器は、鉄パイプを見つけて蹄鉄工兵に命じてコイル状に加工させ、大小のドラム缶にセットして見事な蒸留器を完成させました。

最初の椰子酒が出来上がったので、初穂祝いとして大変酒好きだった神吉《かんき》連隊長に献上したものでした。神吉大佐は大変喜んでくれ、一口飲んだだけで、残りは後の楽しみとばかり棚の上にあげておりました。ところが翌日、連隊長からの電話で、「椰子酒が褐色に濁ったが、どうしたわけか」との話。さっそく駈けつけてみると、酸化鉄で濁っておりました。そこでいったん引き取って来て濾過器《ろか》で濾過して差し上げました。中国大陸は大変水が悪く、兵隊は各人、濾過器を持っていたので、ここでも役に立ちました。

椰子の樹液は醗酵した際、当然、各種有機酸も出来たわけで、これが蒸留の際にアルコールと共に溜出して来て、現地の悲しさ、裸の鉄パイプを用いているため、途中、パイプの鉄を溶かしながら流出して来ます。しかし鉄が溶けているうちは透明ですが、置くほどに酸化されて酸化鉄ができますと、これは不溶ですので、いわゆる鉄錆びの状態で析出して来たわけです。それ以来は、連隊長には分溜したての新酒は渡さないで、十分に酸化鉄を析出させ、これを濾過したものを差し上げるようにしました。

この頃は内地からの日本酒もビールもまったくなくなっていた時とて、酒好きの連隊長の喜びは大変なもので、好評を博しておりました。

この頃になりますと、各部隊ともほぼ陣地作りも一応完成し、自活に精を出す一方、訓練にも精励致しはじめました。前に申し上げた爆弾から作った各種戦車地雷も、かなり数が揃って来ましたので、これを実際に使っていかにすれば敵戦車のキャタピラの下に入れるか、そのためトラックを使って道路わきの、いわゆる「タコツボ」の中から飛び出してトラックの車輪の下にうまく突っ込む訓練を、われわれ将校以下全員励んだものでした。

私がラバウルに上陸した当時、一部には牧場が経営されており、数十頭の水牛や黄牛が椰子林の下に放牧されておりました。しかし、半年ほどたってその付近を通りましたが、このときはすでに牛は一頭もおらず、すべて食べてしまったのかと思いました。ところが、一部は逃げ出していたらしく、私が段列入りをした頃、一頭の水牛を兵隊が発見、射殺しました。肉はあまり美味ではありませんが、肉というものに、とんとお目にかかることのなかった頃とて、大変珍味の部類でした。

このときの収穫は、肉もさることながら特筆すべきは水牛の角でした。私の当番兵は名古屋市の出身で、しかも入営前の職業は印鑑屋勤務で、入営後も一組の鑿《のみ》を肌身離さず持っておりました。それでこの水牛の角を見逃すはずはなく、さっそく私の印鑑を刻んでくれました。この印は私のフルネームが彫り込んでありますので、現在も私の実印として市役所に登録しております。労作を感謝すると、彼は、「絶えず機会を見つけて彫っていないと腕が鈍るので」と軽く受け流してくれました。

この頃、兵舎を建てる必要が生じ、屋根用の椰子の葉を落としていた兵隊が墜落死しました。椰子の木に登り、とくに葉の上にあがるのは大変難作業で、腕力の強い兵隊でないと無理です。椰子酒を作る場合は、蹄鉄で作った足がかりが打ち込んであるので比較的楽で、私のように非力な男でも可能でしたが、何もない木に登り、しかも葉の斜め上方に張り出した葉柄の上に登るのは、大変困難な作業でした。

とくにむずかしいのは、葉柄をかい潜って、張り出した葉柄の元の方に手を掛け、力を入れて狭い葉の間を抜けて登るわけですが、この手を掛ける葉の選定にコツがあります。というのは、葉は当然下の方から落ちる運命にあり、全身の体重を掛ける葉は決して一番下の、落ちやすい葉に掛けてはいけないわけでした。落ちた兵隊は全員のお通夜の後、軍医が手首から切り取り、これを焼いて遺骨とし、後はバナナの脇に埋葬致しました。

ガダルカナル島撤退後は、毎日のようにお通夜がありましたが、久し振りの死亡事故で、一同しんみりとした次第でした。

師団司令部への転任

昭和十九年八月、師団司令部獣医部へ転任を命ぜられました。

この司令部は前述の通り、兵站病馬廠と同じ地域に、しかも病馬廠の中央部に割り込むような位置にありました。この地区はちょうど二つの谷が合流するようになっており、全体が広く病馬廠の敷地になって、中央部のちょうど良い部分を、後ろから司令部用地として割り込んだ形になっておりました。この三角状台地に十字に交わる幹線洞窟を掘り、これに連絡する洞窟を網の目状に掘り、司令部全員洞窟に寝起きして、事務所は両岸にそれぞれ建てており、上空は木で完全におおわれておりました。

洞窟の深さは地表までに二十メートル以上あり、一トン以上の爆弾の直撃にも耐えられるようになっておりました。事実、洞窟の上に朝や夕方の空襲の合間に上がって見ますと、大木はほとんど吹き飛んでしまい、跡には無数の擂《す》り鉢状の弾痕が残り、そこにまた一部夏草り、二個の小さい卵まであったことでした。

私のいた獣医部の谷は、上流から司令部の守備隊兼使役の独立騎兵中隊、経理部、兵器部、獣医部、軍医部、それに同居の軍無線班がおり、反対側の谷筋には師団長宿舎、参謀部、副官部、管理部と並んでおりました。この谷は火山灰のシラス台地でしたので、ほとんど直角に切り立った深い谷で、ジグザグの道でやっと崖から台地に登れるようになっており、両側の台地は小さく区切って自活用の畠が作ってありました。

こうした宿営地が一番気を使うのは、敵機に発見されることでした。もちろん上空から見れば谷に沿っている地形から、宿営地があるらしいことは察していたでしょうが、それでも発見されることを極力避ける努力はしていたわけです。

その最たるものは炊事の煙で、これにはいったん外に出した煙を、いきなり上空に放出しないようにするため、地表に溝を掘り、これに煙を導き、溝の上に覆いをかぶせて長い溝を通っている間に、煙が自然に土に吸収されてしまうように心がけておりました。

しかし病馬廠、司令部が何度も絨緞《じゅうたん》爆撃を受けた事実は、敵もこの下に何かあるらしいことは解《わか》っていたものと考えられました。しかし、司令部に関する限り終戦までの間、何回かの爆撃を受け、馬がやられたことはあっても、人的被害の出なかったことは、洞窟暮らしが敵機の空襲に対して安全であったことの証拠でした。

被害のあったものは毛布で、とくに純毛の毛布はすっかり腐ってボロボロになりました。化繊や木綿製の代用毛布は腐らず、かえって永持ちしました。このほかアート紙でできた医学用の図書もすっかり腐ってボロボロの役立たずになってしまいました。

部下の配転

獣医部の要員は部長長野中佐、高級部員獣医少佐、それに私大森大尉、予備役の少尉、曹長、軍属事務員二名、兵三名でした。このうち少佐の高級部員は間もなく師団病馬廠長に転出し、私より二〜三年先輩の大尉が交代で部隊から転属になって来ました。

しばらく将校部員は三名でやっておりましたが、この高級部員も師団病馬廠長に転出し、部員は私と少尉の二名になり、事務その他がスムースにいかないので、部長に話し、かつて私がいた山砲連隊の下士官二名、曹長と軍曹の転属の師団命令を出し、交代に今までいた司令部の曹長を山砲へ出すことにしました。

後で聞いた話によれば、山砲の連隊長の言うことに、将校の転属は普通のことで、大森大尉の転出は当たり前のことであるが、それにつれて二名の下士官の転属は考えてもいなかったと。下士官の転属もかならずしも珍しい話ではありませんが、私が二名の手馴れた下士官を連れて転属したことは、意外のなりゆきであったかも知れません。もっとも私と下士官との転属の間には若干のずれはあったものの、連隊長の感慨は無理もないことのようにも考えられました。この二名の下士官は部隊切っての優秀下士官であったので、とくにそんな気がしたのかも知れません。

日常業務

獣医部の日常業務は、各部隊の軍馬の数、健康状態、各部隊の獣医部将校と下士官の数、健康状態などを絶えず掌握していて、部隊間の戦力の均衡を保つことを任務としております。それゆえ部隊間に馬の数や、獣医部将校、下士官に不均衡が生じた場合には、師団命令を出して、馬の授受、将校・下士官の転属などを行ないます。

この場合、まず命令の原案を起案し、これを獣医部長の承認を取り、次いで私か畑中少尉が持ち回り稟議《りんぎ》で、後方主任参謀（少佐）、ときとして情報参謀、作戦主任参謀（中佐）、参謀長（大佐）と順番に承認を取りつけ、全部OKが出たら専属副官（少尉）に渡して師団長のOKをもらいます。全部OKが出て急ぐ場合には、関係各部隊に電話で命令を伝え、後で印刷交付します。この場合、一番の問題は獣医部長が気が強く頑固な場合、しばしば少佐の後方主任参謀との意見の不一致の出ることです。

作戦主任以上の意見は、部長も無条件で従いますが、階級が下の後方主任に限りときどき意見が一致せず、案件にOKを出さず部長に差し戻した場合、部長も参謀の言う通りにはなかなか従いません。困るのは案件を持って回る立場の部員で、洞窟をアッチへ行ったり、コッチへ戻ったりしても話は進みません。

こんなことが何度もあったので、こちらも揉めそうな案件の場合、あらかじめ部長の行動予定を見ていて、今日は遠出と確認の上、部長のところは代決（不在のため、部員が代わって決裁し、後で承認を取ること）とし、急ぎ各参謀のＯＫをもらって案件の決議をもらう「手」を取るようになりました。これはもちろん邪道ですが、つい悪知恵を働かすテクニックを覚えました。このとき獣医部長は、一応文句がありますが、一度師団命令になったものは仕方がないわけです。

この手は常に使ったわけではなく、せっぱ詰まったとき、やむなくやったものです。この参謀の承認取りは部長との関係だけでなく、私自身のことでもさんざん絞られたものでした。当時の師団や軍の参謀は士官学校出身の将校の中でも、とくに頭脳明敏な回転の早い連中を選抜して陸軍大学校に入学させ養成していた関係上、われわれこうした案件などに馴れない連中の文章の書き方、字の巧拙まで一々取り上げて、参謀の人柄によっては罵詈《ばり》雑言、さんざんな目に会ったものでした。

われわれの事務所は洞窟の外に作っており、すべて洞窟外の自然光の下に仕事をしておりましたが、参謀はすべて洞窟内にそれぞれ専用の部屋を持っており、素掘りの洞窟の中に板張りの部屋を作らせ、電燈の下で仕事をして、ここにいる限り何日でもお天道様を拝めない身の上でした。私などはよくも「もやし」にならないものだと、心配してあげたものでした。

参謀長の洞窟ともなると、物資のない戦場ながらセメントで巻いてあり、師団長用の洞窟ももちろんセメント巻きでした。しかし、師団長は喘息《ぜんそく》ということで、常に洞窟外の小屋で過ごし、この洞窟を使ったことはほとんどない模様でした。

師団長の病気はじつは結核であったとのことで、一時は軍医の発案で隷下の各部隊を一週間ずつ泊まって歩き、この間、各部隊はできる限り栄養のある美食を供するなど、戦地ながら最高の心くばりをしたようです。

私が師団長に直接命令案文の決裁を受けたのは、昭和二十年八月十五日以後で、全軍が一応全面降伏した後のことでした。このとき我々の占領軍はオーストラリア軍でしたが、彼らは根っからの競馬好きで、一応戦争状態が終了しますと、さっそく競馬を始めました。これに必要な馬は、すべて日本軍の軍馬から差し出させたわけです。我々の各隊を豪軍の担当官が見て回り、目ぼしい馬を指定して歩きました。

司令部でも獣医部長の乗馬は大変良い馬で、これを徴発されるのは惜しいと考えましたので、検査時に隠してうまうまと遁《のが》れました。このときオーストラリア軍の指定した馬をもった各部隊に、師団命令で差し出させたわけです。この命令案の決裁を直接戴いたのが唯一の例外でした。このときの師団長の印象は誠実な社長という感じで、三軍を叱咤する猛将とはほど遠い雰囲気の人でした。

次に洞窟内の照明ですが、これは各川の上流を堰《せ》き止め、水車を回して自家発電をしておりました。全洞窟が点燈している宵のうちこそ燈火数が多いので暗い感じでしたが、各部屋が寝静まる消燈時間以降になると、明るいと寝つき難いのでどうしても灯りを消したがります。

するると、一部の終夜点燈して事務を取り続けている参謀部などの電燈では、電力が強くなりすぎ、凄く明るくなります。明るいのはよいのですが、この状態が続きますと、電球の線が早く切れてしまいます。部隊の持っている電球の予備には限りがあり、電球は貴重品なので、就寝後も一部の電燈は消すべからずとの指令が出たほどでした。

海軍との物々交換交渉

私が司令部付になってしばらくたってから、あるとき、獣医部長に呼ばれ、何事ならんと部長室（参謀と同格の洞窟内の部屋）へ伺いますと、物交交渉のため、ラバウルの海軍部隊へ行けとのことでした。

事の始まりは、前述の通り海軍飛行場に敷かれている鋼鉄板と陸軍が持っている米との交換の交渉でした。飛行場の鉄板は別名をX板（ドイツ流にイックス板）とも呼ばれ、これを覆瓦状に敷き詰めて滑走路を作ってありました。飛行機のなくなった現在、無用の長物となっておりますので、陸軍としては、その一部を剥がして現地自活用の農機具を作りたい。とくに馬耕用の犂《すき》造りには、ぜひともこの鋼鉄材料が必要でした。一方、海軍はこのころ極度の食糧不足に陥っていたため、とにかく今日ただ今、食べる米を咽喉《のど》から手が出るほど欲しがっておりました。

そこで交渉第一陣として、兵器部の技術中尉が海軍に出かけたのですが、当時陸軍では空襲を受けたとはいいながら、なお、豊富な物資を持っており、このたびの交渉も長期戦に備えての用意というわけで余裕綽々たるものがあり、食糧問題が焦眉の急という海軍に対し、当方の中尉の態度に思いやりの念が不足していたものらしく、海軍をして、「武士は食わねど高楊枝」的態度を取らせてしまったのです。

要するに、交渉は決裂しました。そこで第二陣として、小生に白羽の矢が立ったという次第でした。私もこの大任に忸怩《じくじ》たる思いがありましたが、部長の「大森大尉、君しかない！」との言葉で、この命令を受領致しました。

次の日、指定された司令部に近い海軍部隊に出かけました。ここで案内役の艦隊参謀が自動車で待っており、この車でラバウルまで、連れて行かれることになりました。

当時ラバウル上空は、敵のF４U型の戦闘機が二機ずつ、対で哨戒中でしたので、日中の行動は大変危険でした。それゆえ、我々陸軍では対空監視のため、普通は監視兵を乗せられるようトラックを利用し、乗用車は用いません。

海軍では、この点、助手席の天井に対空監視用の穴をあけ、ここから従兵（陸軍の当番兵のこと）が頭を出し監視しておりました。この型の乗用車でラバウルまで行動したわけです。

案内されたところは、海軍の軍需部でした。午後三時頃、到着したわけですが、さっそく、「お風呂へどうぞ」と案内されてびっくり。我々陸軍では師団長はいざ知らず、連隊長も部長も参謀も風呂といえば、ドラム缶風呂と相場が決まっておりました。ところが、ここの将校用の風呂は、白木の本格的な風呂でした。まず風呂で汗を流し、次に案内されたのは完全な数奇屋建築の部屋で、もちろん畳敷き、床の間、違い棚などもあり、内地の高級料亭風な作りでした。

ここで待つことしばし、現われた人は海軍少佐でした。少佐にしては少し年を取りすぎに見えました。だんだんお話を伺っているうちに、彼は五・一五事件（主として若手海軍将校が中心となって、昭和七年五月十五日にクーデターを起こし、当時の首相犬養毅を射殺、このとき首相の「話せば分かる」、狙撃者の「問答無用」は有名）に連坐して予備役となり、このたびの戦争で召集されたとのことでした。

お酒は我々の椰子酒なんてものではなく、内地の日本酒の銘酒でお燗がついた本格的なものので、いわゆる樽俎折衝《そんそせっしょう》（酒を飲みながらの談判）を地で行ったような感じでした。しかもこの間、一人の従兵が少佐と私をずっと煽いでいてくれ、じつに下にも置かぬもてなしでした。

問題の交渉は大変友好的に始終し、完全にＯＫが出されました。この間いろいろな話が出たわけですが、今考えれば、我々の青春時代、高等学校の三年間は寮生活も含めて、贅沢なムダメシを食わせてもらったようですが、生涯の間、事に当たったとき、まるきりムダでもなかったかと回想しております。

その後は私も次第に酔いが回り、何を話したか忘れてしまいましたが、印象に残ったことは、海軍は陸軍に較べて将校と兵との待遇の差が大きいことでした。この点についての彼の返答は、海軍は範をイギリスに採った関係上、そうなったとのことです。イギリスでは海軍士官はすべて貴族であった関係上、日本海軍でも士官は貴族的に振舞うのだと。

翌朝、部隊の士官たちと朝食を共にしましたが、このときも、陸軍のアルミニウムの食器に盛り切りの食事とは異なり、お櫃《ひつ》に入った米飯を、各自が自分の食器に取りついで食べる内地と同じ様式の食事で、食卓にはビタミン剤なども置いてあり、自分の好みで自由に飲めるようになっておりました。

この頃、海軍の兵の方は正規の食事にも事欠き、椰子の実一つが一食分として支給される中を、同じ日本軍でありながら、陸軍と海軍では伝統の違いとはいっても、あまりにも異なった扱いに驚いた次第です。

いずれにしても、陸軍は、内地よりの追送米の一部の代わりに、鉄板とアングル鋼を入手し、将来の自活力増強のための貴重な資材が確保され、海軍も当面は餓死者も出ず、その使者の役を引き受けた私も面目をほどこしたわけでした。

軍畜班勤務

現地自活の獣医部版としての牧場作り、これが軍畜班でした。これはアイデアマンとしての獣医部長の発案でした。目的は病院の病人に栄養を与え、また挺進隊の携帯口糧としてニワトリの燻製《くんせい》を持たせたいというのが唄い文句でした。部長の案では軍馬の数が少なくなって、比較的仕事に余裕の出てきた各部隊から一部の獣医将校および獣医部下士官を中心に、補助的役割として日本人と現地人との混血児の男の子、それに現地人の有志で構成することでした。

畜産の内容は鶏三千羽、豚百頭を一応、第一期の目標としました。土地はいくらでもありましたので、思い切って広く取り、飼料用の耕地用地も確保しておきました。結局、将校四名、下士官七名、混血児五～六名、それに常時十名くらいの現地人が集まっていました。現地人は現地に多い皮膚病を持った連中を治療してやることで、半日くらいの労力を提供させることにしました。

鶏用には広い地域に、現地の竹のような真っすぐな草の茎で柵を作り、この内に放し飼いすることにしました。比較的狭いところへ三千羽もの鶏を飼うためには、どうしても補助的な飼料を与える必要がありました。そのため初期の頃は、例のココッポ地区の糧秣《りょうまつ》用の半地下壕に残っていた半焼けの米をトラックで搬入して当て、その間にお手のものの馬耕により玉蜀黍《とうもろこし》を作り、これを鶏や豚、馬に与えることにしました。このほか落花生、熱帯黒大豆、緑豆なども作りました。

ここでとんだ障害が出て来ました。その第一は鶏および豚の病気の発生でした。前述の通り鶏は一コ中隊当たり約二百羽くらいになりますと、飼料の不足とともに病気が出はじめます。軍畜班では、飼料については特別に配慮しましたので、この点心配はありませんが、問題は病気の方でした。

本来、獣医の集団でやっている養鶏ですから、病気の対応は専門のはずですが、何しろ我我の教育の重点は馬に置かれていて、鶏や豚については大学時代、こんな病気があるという程度の知識を得ただけで、対策にしても、適切な薬、ワクチンなどはもちろんなく、消毒薬で蔓延を防止し、なるべく小さい集団に分散するくらいの対策しかありませんでした。

動物、とくに家畜、家禽の飼育では、集団を大きくすればするほど疾病が多発して飼育効率を下げるので、現在我が国での我々の最大の関心もこの点に向けられ、一人当たりいかにして多数の動物を健康に管理できるか、その技術開発が最大の目標となっております。この点、五十年前に、しかも戦地でたまたま小規模ながら体験する機会に恵まれた次第です。

家畜での最大の障害は、消化器病（下痢）と呼吸器病（肺炎）ですが、これらの病気は少数のうちは現われません。多くなるにつれていろいろの障害が複合的に現われて来て、お手上げの状態となります。これらに対して現在では、各種病原体ごとのワクチン、それに各種抗生物質などで発生を防止しておりますが、当時は病気そのものも病原体なども不明のままであったうえ、当然対策もなかったわけで、可能な方法といえば集団を小さくする以外になく、したがって効率も悪くならざるを得なかった次第です。それで鶏の場合、なるべく別の新しい飼育場を増加することで、病気の濃染を避けておりました。

ところが、養豚の場合は分散が困難で、百頭の目的に対して三十〜四十頭からなかなか増加させることは困難な状況でした。この点、先輩格の兵站病馬廠の意見を訊《き》いても同じ悩みを持っていて、とくにこれという対策もありませんでした。

飼料の耕作についても、いろいろと悩みがありました。その第一はやっと玉蜀黍の実が熟し始めた頃、セキセイインコの大群に襲われました。まるで雀の大群のようにセキセイインコが玉蜀黍の実にむらがり、じつに器用に外皮を先端からめくって実を食べます。銃で脅しても、すぐ大群で帰って来ます。散弾銃もなく、まったくお手上げで、一部は彼ら用として諦《あきら》めるしかありませんでした。

もう一方の敵は、野猪の来襲で、これは主として落花生や薩摩芋を狙って来ます。じつに器用に豆を食ってくれ、しかも夜来るので、これも手に負えない存在でした。せいぜいの抵抗は畠の周辺に落とし穴を掘って、運の悪い奴を狙うしかありませんでした。

獣医部長は、週末になると軍畜班に実状視察の名目で避暑にやって来たものでした。私もときどきはお供をしておりました。

部長は尺八の趣味を持っており、暑苦しい洞窟より、高くて涼しい場所にあり、しかもほとんど空襲もない軍畜班の、いわば別荘で尺八を吹き、優雅な週末を過ごし、新鮮な卵と時としては若雄の鶏の水炊きを楽しんでおりました。部長の最初のキャッチフレーズのように、病院への卵の供給や挺進隊への若鶏の燻製の提供まではなかなか及びませんでしたが、週末視察の帰りには師団長、参謀、各部長へ卵のお土産はちゃんと届けて、しかるべき点数は稼いでおりました。

私自身も結構、獣医部長のアイデアの結晶であるこの軍畜班を利用しておりました。その第一は「食用かたつむり」の生態研究で、しばしばここに泊まり込んで別荘生活を楽しんでおりました。豚の病気では、病豚の淘汰、病態の研究をして、予防、治療の資料としましたが、この後の豚の死体はチャッカリ利用させていただいておりました。また、鶏は広い放牧場で放し飼いですので、勝手気儘《きまま》に卵を生みます。しかも人目に付き難いところをえらんで生みますので、早目に、しかも多くの目で探す必要があり、この仕事は大変楽しく、また一つや二つは破損卵ということで味見も期待できる次第です。

ラバウル三名物

現地の貧しい食事で日々を過ごしていますと、兵隊たちの考えることは旨《うま》い物を食べたいとか、かつて食べた旨い物の思い出話になります。さらに余裕ができれば性の話になりますが、まずは食べ物のことです。口さがないラバウル雀の話題によくのぼったのは、「一に平田饅頭、二に貫名《ぬきな》ずし、三に遠藤汁」でした。

これは平田連隊長が無類の甘党で、毎日一口でも甘い物を食さないと機嫌が悪いといわれておりました。私が実際にお相伴したのは、「饅頭」というより団子というべきもので、団子の周りに餡をまぶして竹串に差したものでした。しかし、この材料の小豆や砂糖などを絶やさないように確保することは、大変な主計の努力が必要であったのではないかと、他所《よそ》ごとながら心配したものでした。

貫名部隊は軍直轄の重砲兵部隊で、腕の良い料理経験者の兵隊がおり、ここでは江戸前の寿司を食べさせるので有名でした。このほかの料理でも「あかぬけのしたもの」が出来るというので、軍の経理部から特別に材料が流され、軍の「偉いさん」がときどき試食される話を聞いておりました。そこで獣医部長をたきつけ、あるとき、軍司令部よりの帰途、ふらりと貫名部隊へ立ち寄ることにしました。

このときはたまたま通りがかったので寄ったことを申し出ますと、第三十八師団の獣医部長ということで、洞窟内に作った客用の部屋に通され、映画まで見せてくれました。まさかラバウルで内地の劇映画が見られるとは思いませんでした。内容は忘れましたが、思いがけない持て成しでした。食事は予約してありませんでしたので、「寿司」というわけにはゆきませんが、まず鹿の子が出され、赤飯に生揚げという大変珍しい内地の味を賞味致しました。

同じ戦地で、現地ではほとんど利用可能な物資もないのに、追送物資ばかりを豊富に使ったこんな状態もあり得るものかと感じ入った次第でした。第一線の部隊の中には、まったく欠乏の極みの生活を強いられているのにと、いささか矛盾を感じながらも、珍味を賞味する疚《やま》しさも痛感しておりました。

これとは反対に遠藤部隊の「汁」は、何も入っていない、ただの塩汁だけのひどい状態を皮肉ったものです。この部隊は、兵站部隊などから抽出して現地編成された新しい集合部隊でした。古い部隊は今までにいろいろなところを通り、各地の珍しい有用な物資を部隊梱包として持って来ているので、ないとはいっても何かあります。

だが、新しい部隊、しかも抽出の兵を集めた部隊は、正式の編成表以外の物資は何物もなく、まるで裸同然の有様で、「遠藤汁」はこんな状態を端的に表現したものです。この部隊も名目だけは混成第三連隊として正式の現地編成の部隊となったわけですが、数の上では同じでも、実質的にはいろいろな面で既成の部隊との間には大きな差があったようでした。

しかし、現地編成の部隊が不自由したのは、食糧や日常の生活用品などでありまして、戦闘用の兵器や弾薬については、充分に、公平に支給されたと思います。新しい部隊編成のたびに武器弾薬を与え、ツルブ地区から撤退して来た月兵団は、武器をすっかり捨てて丸腰でしたが、これにも新たに兵器を与えて新任務に着かせるなど、ラバウルにはじつに膨大な軍備が用意されてありました。

なお、ココッポ港は火山口で、港は大変深く、水底の方は酸素がないそうです。この港まで運ばれて、陸揚げ前に爆沈された兵器、弾薬等の鉄類は深海の底で酸素のないまま錆《さ》びることなく、今もピカピカ光っているだろうと兵隊たちがつれづれの話題にしていましたが、なおかつ、終戦時オーストラリア軍に引き渡した莫大な武器の量を考えると、日本国民が疲弊したのも宜《むべ》なるかなです。

兵器だけではなく、我々は終戦まで自動車を乗り回していました。終わり頃は飛行機用のガソリンを使っていたようですが、このような燃料にいたるまで十二分の備蓄がありました。数え上げれば多種多様の膨大な物資がこの島に運ばれて、それが国家、国民のためには少しもプラスにならず、ムダというほかありません。それ以上に、ここに運ばれて貴重な青春を戦争のために潰され、剰《あまつさ》え命まで奪われた人的資源のムダは言語に絶するものがあります。しかもこれは、豈《あに》、ラバウルだけではありません。

エスカルゴ（食用かたつむり）

エスカルゴについては、前述の「悪食のすすめ」の項でちょっとふれましたが、獣医部長は自分がパラオ諸島で見つけた「アフリカまいまい」をラバウルで増やしたら面白いのではないかと考え、十個ばかり持って来たのが現地で大繁殖したわけです。部長自身はこのことを忘れてしまっていたのですが、たまたま現地の防衛を命ぜられ、陣地を作って張りついていた例の遠藤部隊が、自活用の農作物を食い荒らされるので大問題となったわけです。

この話を聞いて獣医部長は、「これはイケル」と判断し、このエスカルゴを全軍的にひろめ、当時もっとも不足していた蛋白質の補給に当てたいものと考えたわけです。そこで私に現地に行き状況を調べ、同時に軍畜班に移殖してかたつむりの生態を本格的に研究するよう命じました。

現地に着いてみて驚いたことに、元司令部付近は、一面の大繁殖地となっておりました。この蝸牛《かたつむり》は、内地のようにやや偏平なものではなく、ずっと長く延びた形で、大きいものは十センチくらい、重さも五十グラム（鶏卵大）くらいもあり、殻は硬く、赤褐色と灰白色のツートンカラーで、表面はツヤツヤとしており、いわば「陸の海螺《つぶ》」といった感じでした。

蝸牛の好きな環境は、内地の蝸牛と同じで疎林、とくに海岸付近の比較的低いまばらな林の下の湿ったところをもっとも好むようでした。この点、現地では畠の回りには大木はなく、かつての宿営地の跡らしく、とくにパパイアの木が多く、このパパイアなどの小灌木の倒木は彼らの好物らしく、倒木には大小の蝸牛がギッシリと並んだ感じでした。生来、蝸牛の好物は、このような樹皮や落葉の半ば腐蝕しかかったもののようですが、これら好物がなくなると、回りの生きた植物まで何でも食べるようでした。

彼らの行動はもっぱら夜のようで、かなり遠いところへも移動するらしく、夜間現地の道路を通った自動車の運転兵の話では、道路上の蝸牛を踏み潰すので、連続的にブッブッという音がかなりの時間続いたとのことでした。

彼らはまたスコールが大好きで、スコールの直後には、昼間でも活発に行動し、交尾行動も盛んでした。蝸牛は雌雄同体ですが、繁殖には交尾が必要らしく、頭と頭を互いにくっつけ合って交互にお互いの生殖器官を差しこんで、かなり長い時間接合し合っておりました。彼らの卵は黄色い三ミリ~四ミリの綺麗な球形で、当時あった下痢薬の「リマオン」とそっくりの大きさの卵を二百コ前後、倒木の腐蝕の下に産みつけておりました。

付近の部隊を訪ねて、この蝸牛の試食状況を聞くことにしました。この部隊では、かなり本格的に捕食しておりましたが、料理方法はほとんどが粉味噌か粉醤油で煮るだけとのことでした。とくに変わったものは、この蝸牛の「ヌル」のみを集め、これを米飯にかけ、「とろろ飯」として好んで食べていることで、これはちょっと誰にでも真似はできないことのように思われました。

この蝸牛もよい料理法を検討し、フランス料理のエスカルゴのような味にすれば、多くの人が好んで食べるのではないかと考えられましたが、バターなしではちょっと絶望的です。

この蝸牛の増殖をはかり、ラバウル全域に急速にひろめるには、その性質を明らかにする必要ありということで、部長命令により軍畜班に移殖し、増殖中心地を作り、主として週末を利用し、司令部の仕事の様子では数日、軍畜班に泊まり込んでやっておりました。この間の連絡は、主として乗馬によって空襲を避けながらの行動でした。

しかし、この軍畜班で蝸牛の生態研究中、例の八月十五日の終戦の報を聞くことになり、これが私の戦争中の最後の仕事になりました。

軍馬生産

昭和十八年~十九年頃までは軍馬の数は多く、むしろその数を持てあます傾向もありました。しかし、半数を第十七師団へ移管し、馬は病気、敵の被弾などで減少する一方、またラバウルでの防衛は無期限ということが我々全将兵の気持でした。そこでこれも獣医部長の発案で、ラバウルでも馬を生産してはどうかという話が持ち上がりました。

それというのも、私が山砲隊にいたとき、第二大隊の第六中隊で野生馬を一頭捕獲し、この馬がたまたま牝馬で、しかも妊娠しており、仔馬が生まれました。幸いにもこの子馬は牡馬で、二歳になり、そろそろ牡馬としての能力が出る年頃となりました。また、各部隊にはかなりの数の牝馬がおり、子馬の生産の可能性も考えられたからでした。（若年の読者のために付記します。軍馬の牡は、全部去勢しておりました）

そこで師団長命令が出され、この牡馬で各部隊の牝馬に種付けしてゆく手筈になり、獣医部長の乗馬がオーストラリア産のサラブレッド種の牝馬でしたので、軍畜班において種付けの練習をし、種馬としてのキャリアーをつけることになりました。私などは卒業後、いきなり陸軍に入って種付けの経験がありませんでしたが、召集の予・後備の獣医官の中には農林省の牧場経験者がおり、これらの連中が中心となって種付けを進めることになった次第です。

この牡馬は生殖年齢には達したものの、親が野生馬のためか体格的に小さく、一方の牝馬は軍馬で、しかもオーストラリア産の大柄なものが多く、なかなか馬格が適合せず、自然のままではうまく種付けができないことがわかりました。そこで穴を掘り、牝馬の位置を下げてどうにかうまく成功しました。これで一同自信をつけ、各部隊から逐次、適格牝馬を軍畜班に集め、種付けして、部隊へ返す案を立てておりました。しかし残念なことに、実行に移す前に終戦になってしまいました。

現地戦術演習

内地の部隊では、実際に部隊そのものを動かす各種段階の演習のほかに、将校の指揮能力を高めるために実際に現地に出かけ、状況を作り、各将校にそれぞれ指揮させて、演習させる現地戦術演習が行なわれ、しかも内地部隊の年中行事になっておりました。

ラバウル防衛も、一応各部隊とも陣地構築、現地自活の見通しが得られるようになりましたので、ここらで「現戦をやってみては」という声が上がり、各部隊から希望者を参集させ、戦争中、しかも敵機の監視下という大変厳しい状況の下で、各部隊を移動しながらポイント、ポイントでそれぞれの状況を想定しつつ演習をして移動していきました。しかし、昼間は敵機の監視が厳重なので、移動は主として早朝、あるいは夕方に行ないました。

私のように学校からいきなり入隊し、しかも内地部隊の一般的な年中行事のまったく無経験のまま戦地に来てしまった連中には、話に聞いていただけだった「現戦」は大変珍しいものであり、また敵機の監視つきの演習も、まことに緊張味のあるものでした。しかもいろいろな部隊へも出かけて、さまざまの経験、それに夜間のナイターでは昼間とは異なった雰囲気でのお互いの会話、乏しい中での会食など忘れ難い経験でした。ただ私自身にとって残念至極であったのは、硬いトラックの座席のためか、たまたま痔が出て、この点かなり興味、関心が削がれたことでした。

師団病馬廠の変革

それぞれの固有任務で編成された部隊が、状況の変化により、それぞれ変化に応じた新任務に着くことは当然です。軍の後方関係の部隊、すなわち各種兵站《へいたん》部隊が戦闘部隊に改編されたことについては前述の通りです。師団についても例外でなく、馬数の減少により、師団病馬廠は制毒隊に改編されました。改編というより、別の任務をもらったと言うべきでしょう。

制毒隊というのは、敵がイペリットなど遅効性の毒ガス（毒液）などを散布した場合に、これを消毒剤により清浄化したり、また散布地の草を刈って清野化などすることです。当時国際条約によって、毒ガスの使用は禁止されておりましたが、互いに毒ガス攻撃はあり得ることとして、各々防御法を真剣に研究し合ったわけです。

それでこの種の演習も再三行なわれており、私も演習に参加し、次第に臨戦気分が横溢してきたのですが、実際には米軍は「蛙飛び作戦」で、われわれの遙か後方に展開していたわけでした。この点、軍司令部も間もなく敵の意図を知ったらしく、だんだん全軍のエネルギーの主力を現地自活に向けるように指導するようになってまいりました。

現地新聞

ラバウル地区は、内地との連絡が断絶し、そのためかなりの数の新聞社の派遣員も、現地に残留する破目になりました。しかも新聞用の紙もかなりストックされていましたので、ラバウルでも現地発行の新聞が刊行され、週に二〜三回、各部隊に配達されました。内地と連絡が断たれたといっても軍無線は健在し、絶えず内地の情報を得ており、これらが重要な新聞の内容でした。

新聞といっても、終戦直後のタブロイド版の小さいもので、しかも活字印刷ではなくガリ版刷りでした。内容は最初のうちは我が影佐師団長の戦陣訓の解説のような、大変硬い戦意昂揚的なものが中心でした。それがだんだん実務的、報道的となり、そのうち娯楽的、とくにマンガが連載されるようになりました。

このマンガはたしか「さくら」というような名の女性、それも妙齢の女性が主役で登場し、この内容が次第に軟《やわ》らかくなり、そのうちにだんだんエロチックな面が加味され、兵隊たちも配達を心待ちにしておりました。そして、すっかりエロチックになり切ったとき終戦になりました。

おそらく軍司令部にいた高級幹部、新聞記者諸君は、内地のみならずオーストラリアなどの通信を聞いていて、大体の情勢を察しており、それが新聞の内容に反映したものと、これは終戦後になってから感じたことでした。この新聞で内地のどこが空襲されたか知らされ、わが故郷はまだ健在と喜んでおりましたが、そのうち岡山もとうとう空襲されたという記事に接しました。

内地との細かい連絡

無線電信による内地との連絡は、もちろん最後までありましたが、海軍にはこのほか二つの細かい連絡方法が残っておりました。その一つは潜水艦によるもので、月に一度くらい連絡用の潜水艦が入港しており、海軍ではかなりの率で兵員、とくに飛行機搭乗員が送り返されたようでした。また当時の海軍には、「大艇」こと大型の飛行機がこれまた月一回くらいの割で、パラオなどから飛んで来ておりました。これは川西式の四発の大型艇で、月夜に限りラバウルに飛来して来ておりました。

私もラバウルに来て二年ほどたった頃、転任の公報が来ないものかと心待ちにしていたのです。それというのも、馬の大切にされない、私自身働き甲斐の少ないラバウルより、まともに馬の使われている中国大陸や満州への転任を願っておりました。転任の辞令さえあれば、海軍に依頼しても実行できるのにと考えたこともありました。

これは終戦後、内地に復員して、当時陸軍省で我々の人事を担当しておられた荒井中佐にお伺いしたところ、じつは私を含めて数十人の転任命令が、稟議の途中で転任不可能という理由でストップとなった旨聞きました。

しかし、果たしてこのとき転任していた方がよかったかどうか結果的には分かりません。ラバウルに残っていたために現在の私があるわけで、希望通りに満州へ行ってシベリアへ連れて行かれた方が悪かったかも知れず、「人間万事塞翁が馬」ということを実感した次第です。

洞窟生活

諺に「住めば都」といいますが、ここラバウルで何回か宿営地を変わってみて、この言葉の意味をしみじみと痛感しました。どんなに嫌なところでも、そこに住んでおればだんだん捨て難い味が出て来るものでした。しかし、司令部の洞窟生活はもっとも馴染《なじ》み難いものでした。とくに嫌だったのは、我々のところは天井も素掘りのままでしたので、夜、口をあけて寝ていると、上から軽石のかけらが落ちて来るし、寝床がすぐザラザラになり、また湿気が多いので、純毛の毛布はすぐに黴《か》びて大変臭い腐敗臭を出し、ボロボロに破損するなど、不便なことを数え上げればきりがありません。

しかし、こんな生活でも空襲に対してはまず安全であることが最大唯一の取柄で、こんな生活でもだんだん馴れてきました。ただ夜中に一回か二回の小便のとき、小川の向こう側にあった便所までが遠いのと暗いので、つい洞窟の出口あたりですませてしまうことがあり、とくにこの出口のところに獣医部長の事務室があり、薄日ながら木の葉越しに射してくる太陽の光で温められると、次第にアンモニア臭が漂ってくるので、よく叱られたものでした。

獣医部にも数羽の鶏を飼っており、他の部にもそれぞれ幾羽か飼われていましたが、鶏のこととて、囲いから逃げ出して、他の部の飼料を食べたとか、それを捉《つか》まえて持ち主不明のままその鶏を食べたとか、食糧不足のための小ぜり合いはたびたびありました。

極限状態では、人間はつい悪いことをするようです。経理部員、すなわち主計については、私の前部署、山砲隊の優秀な主計について述べましたが、一般的に陸軍経理学校出身者（直接、中学校から入学したもの）は頭脳明晰で、しかも学校教育中に、いわゆる躾《しつけ》、精神教育が徹底しており、若ければ若いほど純粋です。

これが年と共に揉まれて、だんだんと世俗に染まってゆきます。聞くところでは、経理部の中で別の意味での実力派？の、兵↓下士官↓現役志願↓将校の経過を経てだんだん上に登って来た、いわゆる叩き上げの連中の中には、その道の実務能力を持った者もおり、高邁な精神教育など無縁で実利一辺倒でやって来て、うまく活動したときは無類の強さを発揮しますが、おそらく現地での軍の諸悪の根元は、彼ら経理部員なりという人もありました。

師団の経理部を牛耳っていたのは、某主計曹長であったなどといわれておりましたが、彼は師団の物資の帳簿を一手に握っており、あの大空襲のとき、彼の筆先一つで被災焼失という操作により、帳簿から消すことができたわけです。したがって彼は、洞窟何本分もの員数外の物資（軍隊用語で帳簿に載っていないもの。闇物資、私物と同義語）を持っていたといわれていました。

それでこれらの物資を他へ移動する場合には、移動の実務を行なうのは輜重《しちょう》隊ですが、彼らはどれが真実の員数内の物で、どれが員数外のものかまったく知りません。知っているのは、曹長一人というわけです。とはいわれながらも、このような悪事が曹長一人だけでできるわけはなく、経理部の上司が大綱を承認していてこそ可能なことでしょう。

終戦

昭和二十年の五～六月頃から蝸牛問題が持ち上がり、そのための軍畜班への出入りが頻繁になっておりました。八月十日頃ではなかったかと記憶しておりますが、例により乗馬で軍畜班に出かけました。敵機を避けるためいつも真昼間の行動はとらないようになるべく早朝を利用しておりました。この頃は道路の遮蔽《しゃへい》もかなり進み、樹木の少ないところには芭蕉など比較的成長が早く葉の大きい植物を植えて、大部分はまずまず安全になっていました。

このときは何の理由かは忘れましたが、比較的遅い時間に司令部を出るはめになり、真昼間に行動することとて、上空には絶えず気を配りましたが、その日に限って今まで常に飛んでいた敵の哨戒機がまったく見当たらず、今日は馬鹿に静かだと思いながら、異例の静けさを内心、「しめしめ」と喜んで軍畜班に到達しました。着いてからは仕事にまぎれて飛行機のことはすっかり忘れておりましたが、もうこの頃には敵は日本軍の降伏を知っており、無用の哨戒は止めにしていたらしく、これは終戦後、思い当たったことでした。

軍畜班のいた谷のすぐ下流には、「中地区」と呼ばれたこの地区の旅団司令部があり、ここからいろいろの情報をもらっておりました。八月十四日、すなわち終戦の詔勅の出る前日の昼過ぎにこの中地区の司令部から、どうやら日本は無条件降服するらしいという話を聞き、その直後、明日、師団司令部で詔勅が下されるので帰って来いという電話がありました。

このときの心境はまことに複雑で、負けて口惜しい心、もう敵機に追い回されなくてもすむという安堵の心、そのうち内地に帰って妻や親、兄弟に無事会えるかも知れないという期待の心、これらが交互に混ざり合って何を考えてよいやら焦点のまったく定まらない気持でした。

この状態は夜まで続き、一応床についたものの同じような思いが収まらず、次第に興奮が昂《たか》まってこの夜は遂に一睡もできないまま夜が明けました。翌朝は朝食もそこそこに、まったく上空の心配のない道を司令部に向け馬を飛ばして帰ったものでした。敵機のいない上空はこんなに素晴らしいとは。かつて経験したことのない快《こころよ》さでした。

司令部に着き、将校以下全員、司令部前の広場に集まり、師団長から勅命により、以後抵抗を止める旨の命令がありました。その後、それぞれ各部に帰った次第ですが、一同放心状態で何をする気にもならず、ボンヤリ時のたつのも気づかぬ状態でした。

師団司令部内には、専任の散髪屋がおりました。もちろん普通の兵隊で、確か上等兵だったように記憶しております。私も一～二ヵ月ごとにお世話になったように思います。この兵隊がある日、突如として自殺しました。自分の銃を使って。こんな場合、大てい自分の足の指で「引き金」を引いて発射するのですが、彼もそうしたわけです。理由としてはとくに考えられませんでした。が、長い単調な作業でメランコリーになったのでしょう。

彼の自殺後、間もなく終戦となりました。もう少し頑張ればよかったのにと、皆言いました。復員して内地の理髪店に入ると、夫婦、親子単位で弟子を加え、和やかな家族ぐるみの商売のようです。彼もきっとそのような中で育ったのでしょう。ラバウルの司令部には、椅子から鏡まで一流の理髪設備が整っていましたが、理髪師は彼一人でした。おそらく胸襟を開いて語り合う友達がなかったのでしょう。

八万人の日本兵の中におりながら孤独地獄の年月を、司令部の高級さんを相手に、刃物を持った仕事にたずさわり、自制を重ねて来た日々を思うと、可哀想なことをしたと思います。形は違っても、このような例は戦争の中では沢山あったことでしょう。

終戦直後

師団長から終戦の詔勅を聞かされた直後、一時放心状態でした。しかしその後、とにかく作戦に関する書類は焼却せよという命令が出て、一時は書類を焼く煙でどの谷も霞むほどでした。

このとき参謀部の重要書類の焼却状況を見る機会がありました。この中に驚くべきものを発見しました。それは軍用語では伝単、すなわち「紙の爆弾ビラ」でした。これらはオーストラリア軍に向けて飛行機からバラ撒《ま》いて敵兵の戦意の喪失をねらったものでした。内容は色刷りの浮世絵で、オーストラリアの後方で米国の軍人がオーストラリア軍人の留守を守る妻を強姦、和姦している図で、江戸時代からあった色草紙そっくりの筆法で見事な出来ばえでした。これは準備したものの、敵方に散布する機会がなかったものか、また散布した残りだったのか分かりませんが、紙の爆弾による心理戦と直接敵を死傷させる爆弾と、いずれにしろ許されるべきではありません。

その後、どこの国の軍隊が占領に来るかが不明で気にかかることでしたが、とにかく、それまでに手持ちの物資は消費してしまった方が得だとばかりに、今まで節約して保存していた物資が一時にドッと放出されました。我々もまた、飼っていた鶏を殺してしまいましたが、放出品の第一は酒類でした。

この師団は香港、インドシナ、ジャワ、スマトラと通って来た関係で、英国産の各種ウイスキー、フランス産のシャンペン、ブランデーなど当時の我々は飲んだことがないのはもちろん、名前すら知らない各種の洋酒がドッと現われました。私たちはその前に保管中の獣医資材のアルコールを水で割り、砂糖を加えた水割りの酒精で、日も高いうちから飲みはじめ、すっかり出来上がったところへ、生まれて初めての各種洋酒をチャンポンにして目茶苦茶な大酒盛りをし、その夜はヤケクソ気分の乱痴気騒ぎでした。

放出されたのは酒類だけではなく、絹製や木綿製の落下傘が大量に放出されて褌《ふんどし》や下着などに利用されました。なお、主食の米まで員数外のものが三十キロの俵で何俵も放出され、私もこのとき一斗くらい分けてもらい、同時に放出されたゴム袋に収納し、私の非常食として翌年五月の復員まで貴重な食料となりました。また、これを入れたゴム袋は、もともと前線に潜水艦などで食糧を輸送するのに使用されたもので、防湿用には大変効果的でした。

もっともこれを出して実際に炊いて食べたのは数回あったのみで、あくまで非常食としてぎりぎりのとき以外は食べないようにしていました。それというのも復員の時期がはっきりせず、いつ復員船が来てくれるか見当が立ちませんでした。当時は非常に食糧事情が悪かったのですが、気楽な消費はできませんでした。

また、いよいよ復員の日程がはっきりした時点では、部隊の方が持っていた非常食をまず放出したので、これだけで満腹状態となり、自分用の非常食にまで手をつける必要がありませんでした。しかしその間の、「米がある」という心強さは、何物にも換え難いものでした。

これと同じ事例は、海軍の部隊でもありました。私たちと同じ集団に海軍の一個集団（千人）が加わっておりました。海軍が非常に飢餓状態であったことは前にも述べましたが、我我と同じ集団に入ってからは、公式的にはある程度は陸軍と同じレベルに均《なら》されたのですが、いわゆる、員数外の物資はそれぞれの部隊ごとの事情で異なっておりました。

したがって、海軍ではかなりの数の栄養失調による死者が出たようですが、その海軍が引き上げた後には、ドラム缶で七本もの米が放棄されたといわれておりました。海軍でもいつ帰れるか分かっていれば、この七本の米も計画的に使って何人かの餓死者が助けられたはずです。

終戦直後の大混乱の後に生じたのが、こんなときに起こりやすい例の流言蜚《ひ》語というやつでした。その最たるものは、将校は去勢されるか殺されるというようなものもありました。そこでそんなことになるのなら、ニューギニアのジャングルにでも逃げ込もうかということまで出て来る始末でした。

そのうちにこの地区の占領は、米軍ではなくオーストラリア軍であることが分かりました。これは我々日本軍にとって不幸なことでした。なぜならば、米軍にくらべてオーストラリア軍は貧しく、占領軍は被占領軍を正当に扱わなくてはならないというきまりはあっても、オーストラリア軍にそれだけの資力がなかったというわけでした。

早い話が、日本軍が食料不足で餓えていたにもかかわらず、彼らは食料をまったくといってよいほど与えず、またマラリアで苦しんでいても、薬を支給しませんでした。そればかりか、別の日本軍によってマレー半島からオーストラリア軍が敗退させられたお返しとばかり、日本軍に懲罰的作業を課したり、その他いろいろの危害を加えました。

オーストラリア軍からの指令は武装解除で、これは各部隊とも覚悟していたこととてスムースに実行されました。武器は陛下のものですが、将校の中には伝家の一刀を所持して戦陣に赴いた者も多く、これは実質的には私物ですが、武器であることに変わりはありません。私も叔父が日本刀を軍装して餞《はなむけ》にしてくれましたが、同様に差し出しました。無智な占領軍によって消された銘刀も多いでしょう。

次の指令は日本軍に捕らえられていた英印軍所属のインド人、ついで義勇軍として参加していた蘭印現地人、また日本軍の軍属、または苦力《クーリー》として従軍していた中国人、台湾人、さらに日本軍の構成員として従軍していた朝鮮人の解放を命じました。これは我々にとっても好都合な話でした。

終戦時の混乱の一つは、戦争中圧迫されていた連中の、これまでの秩序に対する反発でした。その第一はインド兵、蘭印現地人たちの反抗で、オーストラリア軍の指令もあって、真っ先に別のキャンプを作り分離させられました。ついで連合軍側の中国人、台湾人が続き、最後に朝鮮人が分離されました。この当時、朝鮮人が暴動を起こすかも知れないという情報も出ましたが、物資を泥棒するくらいのことで大したことは起こりませんでした。そしてこの連中は、分離した順にそれぞれの本国に帰還船が配置されました。

外国人の処置が全部完了した後で、今度は日本軍の番になり、戦争中、隊長が強圧で統率していた部隊ほど反動があったようです。二〜三の部隊では、隊長室に手榴弾や火焔ビンを投入されたような話も聞きました。

しかしラバウルでは、今村軍司令官の方針で、内地に上陸するまでは階級章も着用し、軍紀を保つ生活でしたので、日本軍に関する限りそれほどの混乱は生じませんでした。

まず日本軍が現在駐留している地区ごとにそれぞれ約一万名ずつの八コ集団を編成し、ここに新しい宿舎を作って十二月頃までに移転すべしという命令でした。われわれ師団司令部は、ガゼル半島地区の一集団として参加することになりました。そして各集団は、従来の部隊を中心にして千名ずつの新しい集団十個により編成し、連隊長クラスの大佐を長とすることになり、将官以上は別に将官村を作ってラバウル地区に集めることになりました。

新しい集団は、一棟二百人くらい収容する大きな兵舎を一団五棟ずつ作り、全部で十コ団、一万名の集団としました。このほかに本部として、集団長のほか、参謀、各部を作り、各部長は顧問団としてアドバイスする程度で、実際の作業は本部で実行したわけですが、従来と大きく異なっていた点は、日本軍を管理するオーストラリア一コ中隊と連絡するための通訳班を編成し、渉外班としてオーストラリア兵との間の交渉にあたらせることになりました。いずれにせよ、許可を取るには手間のかかることです。

新しい集団作りの前に、空襲がなくなった以上、洞窟生活はとても続けられないとばかりに、急速に谷の上の台地に仮りの住所を新しく作ることにしました。それと共に集団に集中する三～四ヵ月の間に自活教室を開講して、即席の農業教育をすることになりました。

自活教室

これは師団長の発案でした。その理由はいずれ我々も内地へ帰られるであろうが、それまでの間は各自それぞれ自活して行かなければならない。なお内地に帰ってからも、おそらくは酷い食糧不足の生活が待っているに違いない。この状況を切り抜けるには、まず食糧が第一である。各人は帰還してからかならずしも農業に従事する者ばかりではあるまいが、とにかく、寸土といえども耕して生き抜く必要がある。幸いにして集団化までに若干の時間があるので、この間に農業学習をするようにとの指示がありました。

そこでさっそく司令部の近くに急ぎ農業教育のための学校が建てられ、師団内の各部隊から農業教育の適格者が集められました。その結果、栽培、土壌肥料、病害虫、畜産などの専門家またはそれに準じる者という教官が五～六名集まりました。私も一応畜産の専門家ということで、教官の端くれに加えられました。受講者は各部隊からは比較的素養のある者、あるいは希望者で、将校、下士官が集められました。これら代表で教育を受けた者が今度は隊に帰って、さらに普及させることになっておりました。

この聴講者用の宿舎と講堂が急遽、建てられ、付近の畠で実地を交えながら一クール、一週の割合で教育がスタートしました。しかもこの教室には昼間のみならず、夜間はかならずナイターがつき、聴講生、教官を交えて各地の農耕の特徴、生活のあり方など、いわゆる膝を交えて夜の更《ふ》けるのも忘れて討議し合ったものでした。

前述の通りこの師団は東海三県の兵隊が中心でしたが、集まって来た連中の顔ぶれは結構、全国的に分布しており、それぞれ異なった農耕法、生活様式があり、これがザックバランに話し合われ、私など大学からいきなり軍隊に入り、しかも戦地に直行したような世の中の経験の乏しい者には、大変興味深いものでした。この講習の実地は薩摩芋作りが重点でしたが、これは復員までの各隊の現地自活に直接役立ったようでした。

実際の教育のほかにも教官同志、暇をみては雑談にふけっておりましたが、教官の中に一人手相見の心得のある人がおり、私も見ていただきました。私は現役のいわゆる職業軍人でしたので、今後、当然転職の必要があり、官吏（当時は公務員とはいいませんでした）になるか、民間に就職するかどちらがよいか、また寿命はどのくらいあるかなど尋ねました。その答は官吏がよく、また寿命は六十四歳くらいとのことでした。

復員して一時、職業軍人のゆえをもって公職追放となりましたが、また東大の大学院で勉強しているうちに、私の場合は太平洋戦争勃発以後の任官であるということで早々と解除され、定年（六十歳）まで農林省家畜衛生試験場でウイルス学を対象に研究生活を送りました。しかもこの間、自分でも自負できる研究成果が上がり、昭和五十九年には紫綬褒章を受賞し、豊明殿において「科学技術の開発向上に精励し、以《もっ》て国家今日の隆昌を築いてくれたことを大変嬉しく思います。これからは充分体に気をつけるように」と優渥なる勅語を給わりました。

平成二年には勲四等旭日章を拝受し、今さら、当時の教官の卦《け》を有難く思い出しています。

寿命については当時、平均寿命五十歳といっていた頃の六十四歳で、今は平均寿命も大幅に伸びたことゆえ、相当の嵩《かさ》上げ分があることと思っています。いずれにしても、この期間のいろいろの出来事は、現在でも楽しい思い出の種となっております。

私はこの頃、洞窟のすぐ上の台地に一軒家を建ててもらって、当時の当番兵と一緒に住んでおり、ここから講議に通って、夜だけ自分の家に帰っておりました。私の当番兵は長いラバウル生活の間には何人も変わりましたが、前述の印鑑作りの兵隊と、この最後の当番兵とが一番印象に残っています。彼は確か静岡県の出身で、入営前は自転車屋へ勤めていたとかでした。当時上等兵で、終戦後追級して兵長になったようでした。

この中島という兵隊は、例の饅頭好きの平田連隊の所属で、ここから司令部へ勤務に出されておりました。それで原隊からの勤務が長いというので、他の兵隊と交代の話が持ち上がりました。この中島兵長は大変気持が優しく気が利くうえに、現役兵でしたので比較的若し、そのうえ、どちらかといえばシスターボーイ的な感じで、私も大変気に入っておりました。それで人事担当の曹長にとくに頼んで、このまま当分の間、残すように依頼したもので、そのままOKとなりました。

じつはこの兵隊には獣医部長も目をつけて、自分の当番兵と交換してくれといわれましたが、何とかお断わり致しました。部長の当番兵は、いかにも男らしい厳《いか》つい兵隊で気も利かず、お気の毒でした。軍隊では中隊長は一つの重要な単位で、中隊じゅうの実権を握っておりまして、自分の当番兵を選ぶ場合、駐留中はよく気のつく女形的な当番を選び、いざ作戦ともなると強力《ごうりき》的当番に替えて荷物を持ってもらうとか聞いたことがありましたが、そのようなこともあるでしょう。

私は現在でも毎年四月、桜花の下に靖国神社の軍馬慰霊祭に出席しますが、静岡県から下士官が三名、毎年わざわざ手土産まで携えて上京、参列してくれ、昼食を共にとり、一年一度の交歓をしてラバウルの思い出話に花を咲かせますが、この中島兵長とは横須賀へ上陸以来、音信不通です。多幸を祈っています。

集団への移転と生活

昭和二十年も終わりに近づき、残留していた我々も集団に合流することになりました。ガゼル地区にはすでに先発隊が先行して、宿舎作りに精を出していましたが、資材のないところでかつて作ったこともない大型兵舎を急造することとて、建設はなかなか進捗《しんちょく》しませんでした。

我々が到着したときは、どうにか先発の作業員が入れる程度の建物ができていただけでした。本格的兵舎はこれからという状態でしたので、まず元気のよい兵隊が椰子の木に登り、落とした葉を編んで屋根や壁の材料を作りました。こうした建設材料は、まったくオーストラリア軍からは支給されず、付近の林から切り出しました。

この集団のあるところは、見渡す限りの椰子林の連続で、建物を建てやすい地形でしたが、ただ、難をいえば柱や梁などの支柱用の材料になる木や竹が、かなり離れた地区にしかなく、これらの切り出しが大変でした。

また、屋根材は椰子の葉さえあればよいわけですが、椰子の木の上に登り、葉を落とす作業が大変で、よほどの体力のある兵隊でないと登れません。それでこの貴重な椰子の葉を、我々将校以下全員で編み、屋根や側壁を作っていったわけで、一ヵ月近くかかって一応全員がどうにか入ることができました。しかし食堂などは未完成で、この頃、司令部全員それぞれ野外で車座になって食事をしており、経理部などと一緒で前述のマーガリンなどのお裾分けにありついたものでした。

建物が一応完成した後の全員の作業は、現地自活の農耕でした。我々の仕事は椰子林の下草である葛の除草でした。この葛は内地でも鉄道の路線側などに自生している豆科の蔓草で、これを中央から左右の椰子の根本まで巻き上げるのです。椰子の木の列の間隔は十メートルくらいもあり、下草さえ取ればこの中央部の半分くらいの面積では充分日照もあり、薩摩芋くらいは結構育つので、作業の比較的楽な椰子の林間を主として利用しておりました。

この草取りをしている間に、例の有袋類のモルモット状の小動物や蛇がよく獲《と》れて、副産物として小生のみ活用しておりました。草取りをした後は、専門の馬耕班が耕し、薩摩芋の蔓を挿しますと、三ヵ月もすれば立派に収穫可能でした。ヨーク公島は、ガゼル岬沖合十キロメートルくらいにあり、戦闘中はここにも守備隊がおり、この部隊用の芋を作ってありました。これらの部隊が引き揚げたので島は草山になっておりました。

ヨーク公島の芋掘り

我々が集団に合流した初めの頃は、主としてこのガゼル地区に先住していた部隊が、自己の部隊用に作っていた畠の物を利用しておりました。しかし、広い地域に分布して、それぞれの周辺に自活用の畠を作っていた部隊が八ヵ所へ集中したので、遠距離となった畠は利用され難い反面、集団の近くの畠のものはたちまち食べ尽くしてしまいました。移転後に開墾した畑は、いかに成長の早い薩摩芋とはいえ、まだまだ収穫できません。それで移転後の二、三ヵ月はいわゆる端境期で、もっとも食料が不足していた頃でした。

この頃の一食の例をあげますと、出された食器の上に、チョコンとタピオカ芋の蒸《ふか》したものが一本乗っており、粉味噌の汁がついているのはよい方で、あるときは汁椀がただ一つ配られて、乾パンと未熟パパイアの粉醤油の汁が来ます。乾パンは縦二・五センチ、横一・五センチ、厚さ一センチ角のもの一コ半くらいがすっかり伸びて椀全体に拡がっており、これに小さいパパイアが大根然と二片入っておりました。

これでは腹の足しになりませんので、終戦時ストックした非常食用の米を取り出して、携帯燃料でコッソリと床下炊飯をしたものでした。また、公式の畑の外に自己用の畠を皆、それぞれ集団外に作っており、ここから掘った薩摩芋や南瓜《カボチャ》の新芽を煮て粉醤油で味付けして何とか空き腹をなだめたものでした。

またこの頃、宿舎の前に二～三本植えたオクラも毎日のように収穫できるようになりました。食事に行くついでに若い実を二～三本椀《も》いで行き、食時の献立の一つとして大てい出された粉味噌の汁の中に、細かく千切って入れました。オクラは若い実は大変美味で、かつ栄養価も高く、味気ない当時の食事の中で一点の潤《うるお》いとなっておりました。

こんな状態でしたので、部隊としても公式に何とかせざるを得ないハメとなり、かつて畑を作ってあったヨーク公島の薩摩芋を掘ることになりました。それには海を渡る必要があり、まだ保存されていた大発が三隻、回されて来ました。この大発は戦争中、敵の上陸した橋頭堡に逆上陸して闘うため、海岸の内陸へ海の迫った地区に大発用の洞窟を掘り、この内に隠して温存されておりました。この三隻に分乗、早起きしてピクニック然と出かけました。

島に着いてみると、想像していた通り、どこに畠があったのかちょっと見つけ難い状態でしたが、それでも何とか芋を掘り出しました。一応終わって海岸線の渚に座って食後の小休止を取っていたとき、遙か彼方の海上を国籍不明の船が斜めに通り過ぎました。これを見たときほど、早くあんな船に乗って内地に帰りたいと望郷の念を掻き立てられたことはありませんでした。こんな食糧事情でも、オーストラリア軍は食料の放出はまったく致しませんでした。

一方では戦争中、日本軍がインド兵や蘭印兵に対して食料を充分に与えず捕虜を虐待した廉《かど》で、これら捕虜が配属されていた軍の直轄部隊の関係の将校や隊長などが、裁判にかけられておりました。それで少しでも裁判の結果をよくするために、敵の裁判官に対するプレゼント作戦がとられ、我々の中から時計や指輪その他、貴金属の手持ちがあれば、不幸にして職務上裁判にかけられる将校のために差し出してほしいという要請がありました。裁判もある程度は金次第なのかと考えさせられました。

我々の師団部隊には、インド人や蘭印人などの配属はありませんでしたので、この種の問題は起きませんでした。軍の方針として、軍の直轄部隊を少しでも優遇しようとした親心がかえって裏目に出て、関係将校が責任を取らされたわけで、とんだ災難でした。

オーストラリア軍の捕虜の扱い方

オーストラリア兵がマレー半島やシンガポール戦線で、日本軍に虐待された報復として、いろいろと日本軍を虐待しました。その第一は食料や薬物の支給をしなかったことです。第二は毎日のように日本兵の使役の供出を要求し、作業をさせました。その作業の中には、彼らにとって必要なものもあったでしょうが、中にはまったく無意味な、ただ日本兵を苛《いじ》めるだけの目的でやらせていることもありました。

その代表的なものは、ラバウルの練兵場の片隅にあった土の山を、人力で、しかも円匙（スコップ）で、端から反対の端に移せと命じました。炎天下のこの種の重労働の使役に出た兵隊は、一度で発熱してしまいました。それも毎日の使役で、そのための使役兵を選ぶローテーションが利かなくなって、使役兵の供出を割り当てられた部隊では大変困っておりました。

また、使役兵の移動には彼らはよくジープに索《ひ》かせたトレーラーに、日本兵を乗せて走っておりましたが、彼らはわざとジープで急カーブを切ったものでした。すると、後続のトレーラーは急カーブできずに引っくり返って、乗っていた兵隊は外に放り出されて怪我をします。それを見て、マレーシアの仇討ちとばかりに溜飲を下げていたそうです。

こんなオーストラリア兵でしたが、日がたつにつれ、日本兵とつき合っているうちに、そこは人間同志、次第に情も湧いてきたらしく、酷い仕打ちも次第にしなくなり、いよいよ我我が復員できるようなときになって、初めてごく少量の魚の缶詰とマラリア薬を放出してくれました。

集団生活Ⅰ

前述のように約一万名ずつの日本兵が自分で自分の牢屋を造り、周辺に有刺鉄線のバリケードを張り、これを約一コ中隊のオーストラリア兵が看視し、前後の衛門にはオーストラリア兵の衛兵と日本兵の衛兵が立ちました。オーストラリア兵は衛門の外に自動小銃を構えて立ち、内には日本兵が棒切れを持って立っておりました。集団の中は兵隊のみが居住し、軍馬はすべて集団外の比較的近いところに、部隊ごとに厩舎《きゅうしゃ》を造って馬を飼い、一部自活しておりました。馬のほかにも部隊によっては豚を飼い、また椰子酒や椰子油なども作っておりました。

そこで私は、各部隊の馬の衛生状態を視察するため、ときどきこの厩舎を尋ねて息抜きをしておりました。やはり集団の内と外とでは、大変気分も異なっていたわけです。とくに司令部の厩舎では椰子酒や椰子油、それに軍畜班の残りの豚と鶏も飼っておりましたので、夜などにはよく訪れたものでした。

豚料理や椰子酒でいささか口腹《こうふく》を満たした後、真の暗闇の中を手探りで帰ります。正規の衛門は通れないので、集団の周囲のバリケードに、ところどころ通り抜けられるような秘密の通り口を設けて、ここに何とか辿《たど》り着き、やっと集団内に潜り込んだものでした。

あるときなど、他の部隊の厩舎を昼間尋ねての帰り途、裏門の衛門を通ったときでした。この頃、私は将校の服は着ておりましたが、当然のことに軍刀は終戦時供出して、いわゆる丸腰の状態でした。オーストラリア兵に敬礼せずに通り抜けようとしました。こんなとき、衛兵によっては黙って通してくれるオーストラリア兵もいましたが、このときの若い兵隊は厳しく、「敬礼」と日本語で敬礼を要求しました。こちらは捕虜の身、仕方なく挙手の礼をしてやっと通してもらいました。それ以来はなるべく衛門は通らないで、少々回り道をして小生専用の通用門を通ることにしていました。

この集団の周囲のバリケードは、周辺から太目の木を切り出して来て、三段のバリケードを張ったもので、これもオーストラリア軍の要求でした。しかし、一度バリケードを張った後で丸太の皮を剥ぎ、木にわざわざ彫刻をするように要求して来ました。こんな作業も、まだ木を立てたり、バリケードを張る前であれば、丸太木の皮剥ぎも彫刻もそれほどの手間ではなかったのに、いったん立てた後では大変困難な仕事でした。これも我々をわざと困らせるための無理難題の一種でした。

オーストラリア軍の指令は、毎日渉外班の通訳が命令受領に行き、持ち帰って日本語に翻訳し、この内容によりそれぞれの関係の部に回します。たとえば私の場合、戦争中の日本軍が現地人のニワトリを取ったので、某月某日十二時までに、ラバウルのマーケットの広場までニワトリ一千羽を持参すべしという指令がまいりました。これに対して、指令通りニワトリを返さなければなりません。そこで集団命令を起案し、この一千羽を各部隊ごとに割り当てました。

ここで問題なのは、この段階になりますと、各部隊も戦争中のようには必承皆勤的な心情ではなく、とくに自分に不利なことに対してはなかなか命令に従いにくい状態でした。彼らの言い分は、ニワトリは確かにいるが、これは部隊の所有ではなく、特定の兵隊の私物で、これを提出せよとは命令し難いとのこと。そこを何とか頼み込んで、どうにか一千羽揃えることができました。ところが、何と集まったものは成鶏でなく、皆一ヵ月前後のヒヨコばかりでした。私としては、内心忸怩《じくじ》たる思いなきにしもあらずですが、仕方なくこのヒヨコを持って行くことにしました。

指定の日の朝、木の根のようにゴロリとしたタピオカの蒸《ふか》し芋と粉味噌の朝食を終えて、さて出かけようとしたところ、トラックのエンジンが不調で出発できません。やっと直して、どうにか指定場所に到着したのは、予定時間を過ぎること一時間、そこには現地人がいるだけで、オーストラリア人はいませんでしたので、彼らに持参したヒヨコを渡し、ようやく指令を果たすことができました。

それにしても一千羽という数字は、一体どこから出たのでしょう。現地人に一千という数が分かるとも思えません。彼らは例によって一千羽貰《もら》って喜んでいるのか、ヒヨコであることを怒っているのか判然としない表情で受け取りました。ヒヨコは箱に入れて網をかぶせた状態で、幾箱にも分けて渡しましたが、五人ばかりで来ていた現地人がいかにして持ち帰ったか案じています。

私はガゼルの端からわざわざ弁当持ちで、ラバウルの広場まで届けに来て、トラックのエンジン不調もあり、一日がかりの仕事とて、受け渡しが終わるや急遽、帰途につかざるを得ませんでした。これも姿を見せなかったオーストラリア兵の単なるイヤガラセの一つであったような気がします。

これはほんの一例でしたが、集団編成の直後にはいろいろの無理難題が飛び込んで来て、そのたびに担当の責任者は困り果てておりました。もちろん大きな問題については集団長以下、本部の将校全員の会議で検討されます。集団長は例の饅頭好きの平田大佐でしたので、一般に将校連中の人気もよくなかったようでした。ある日、内容は忘れましたが、無理難題を吹きかけられ、集団長も弱り果て、会議の際、列席の将校全員に一人一人、意見を聞いたものでした。

私の番になったとき、私も集団長が困っているのはよく分かっていたので、何か彼の気のすむような返事をすべきだとは思っていたのですが、若気のいたりで、心とは反対に「私は何も感じません」と木で鼻を括《くく》ったような返事をしてしまって失礼したと、今も心に悔いが残っています。とにかく、まともに考えても解決策が出ないような矛盾撞着とでもいうべき無法を押しつけて来ていました。

この現地での占領軍と被占領軍とのやりとりを経験しましたので、帰国後、GHQと日本政府との交渉が充分想像され、GHQの無理難題に困っていた日本政府の様子が手に取るように分かる気がしました。

しかしラバウルでも、オーストラリア兵も日がたつにつれて次第に親しみが湧いて来たらしく、そのうち用もないのにこちらへ遊びに来るようにさえなりました。当時のオーストラリアは技術的にもさほど高級な水準になくて、たとえば占領直後に日本軍の獣医資材の検収に来ましたが、とくに光学顕微鏡に興味を示し、これが日本の国産かと盛んに聞いたものでした。

日本軍の兵器のうち、とくに興味を示したのは砲弾の薬莢でした。これは御承知のごとく真鍮製でしたので、全部持って帰りました。それには日本兵を使役に使い、ココッポ海岸に集めて、野砲、山砲、高射砲などはまず砲弾の弾体と薬莢をはずします。重砲は薬莢だけですので、この手間はありません。

薬莢だけになると、ここからはどの砲の薬莢も同じで、薬莢の中の発射薬を抜き取り、またこの薬莢の底にある発射時の起爆薬である雷管は一つ一つこれを打って発火させ、まったく安全にしてから持って帰っておりました。このとき抜いた発射薬は山のように積み上げ、その日の作業の最後に火をつけて燃やしておりました。発射薬は綿火薬でできており、密閉状態でない状態で火をつけたときは一瞬、パッと燃えますが、爆発はしません。

しかし一刹那《せつな》、目もくらむばかりの光を発します。毎日、夕焼けの残照をわずかにとどめる頃、遠く離れたわがガゼル集団からも、遙かココッポの夜空を焦がして一瞬燃え上がる火柱が見えると、ああココッポの砲弾抜きの今日の日課も終わったか、作業に従事した兵隊は無事であったかと、思いやったものでした。この作業場の脇を通ってみますと、火薬を燃やした跡の椰子の木は真っ黒く焦げておりました。

集団生活Ⅱ

生活が一応落ち着いた頃、内地からの郵便の取り扱いが再開され、続々と手紙が届くようになりました。しかし、どうしたわけか私のところへは一通も参りません。昭和十八年までは大変よく来ていましたので、筆不精であるわけはないのに、何かあったのかと、悪い方へ想像して心配したものでした。復員するまでついに一通も来ず、復員後聞いてみますと、出したものの全部、この宛名は郵送不能の印を押して妻のところへ返却されたので、内地の者たちも私のことを心配していたそうです。理由はとにかく、便りのないのは淋しいかぎりでした。

集団生活も次第に改善されて来ました。一応建物が完成し、次は電燈と水道の設置でした。集団の中を流れていた小川の上流を堰《せ》き止め、この水を配管して各集団に二～三ヵ所、蛇口を設けました。これまでは水汲みが大変な作業でしたが、これで兵隊の重労働の一つが解決しました。また、司令部にあった発電機を移設し、これでここにも電気の恩恵にあずかることを得ました。

集団の中を流れる小川を堰いて川浚《ざら》えをしているのを見たことがありました。驚いたのは鰻《うなぎ》が穫れていました。かなり大きなのもいました。変わっていたのは長さが短く、ずんぐりしていて、まるで泥鰌《どじょう》が大きくなった感じでした。他部隊の獲物なので、味見ができなかったのが残念でしたが、後で聞いたところでは脂が乗っていなくて、いわゆる、鰻の味がしなかったということでした。このほか、天麩羅《てんぷら》にちょうどよさそうな車海老くらいの海老や、鮒《ふな》に似た魚などが飯盒に二～三杯取れていたようでした。

子供の頃、私も故郷の小川でよく川凌えをした昔を懐かしく思い出しました。この頃になりますと、ラバウル地区に漁労班ができ、専門の魚取りが行なわれ、魚が各集団に配給されるようになりました。しかし鮫《さめ》が大部分で、蛋白質不足の頃は大変有難かったのですが、御承知の通り鮫は肉にアンモニア臭があり、そのうち皆に嫌われるようになりました。五十センチくらいの小型の鮫を一匹もらい、肉は臭いので内臓、とくに肝臓を煮たことがありました。

鮫の肉は大変淡白なものですが、反対に肝臓は脂のかたまりといった感じで、一口、二口は美味と感じましたが、そのうちにあまりの脂の凄さにグロッキーになってしまいました。面白いもので、魚には一種のルールがあるようで、肉に脂の多い鮪《まぐろ》、鰤《ぶり》、鯖《さば》などの肝には脂がなく、肉に脂のない鱈《たら》、鮫などの肝にはたっぷりと脂があり、どこかで一定量の脂を持っているものだと自然の摂理に感心しました。

我々の集団に海軍が一コ団いることは前述しましたが、あるとき、この海軍の士官が鰹《かつお》を一匹差し入れてくれました。刺身にして、山葵《わさび》のような気の利いたものはあるべくもなく、洗面器に入れて粉醤油で食しましたが、久し振りの刺身に一同舌鼓を打ったものでした。また、あるときは不思議な獣肉の差し入れがあり、食してから「いるか」と聞かされ、やはり珍味だと感じた次第です。

この頃になりますと、自活もだんだん板につき、とくに野菜は比較的短期間で成育が可能ですので、副食はバラエティーに富んで来ました。とくにササゲ、ナス、カラシナなどはよくできて食事が楽しみになりました。この耕作は各部隊とも、馬耕作業に熟達して能率を上げてまいりました。とくに千葉県市川の重砲隊が、牽引車《けんいんしゃ》に鋤《すき》をつけて馬に牽《ひ》かせて耕作し、抜群の能率を上げておりました。

この時期は各部隊の馬は、農耕に必要な最小限の数が飼われているだけになりましたので、管理する獣医部の将校、下士官の数はかならずしも不足ではありませんでしたが、集団を作るに当たり固有の部隊単位の編成ではなく、一個団が約千名宛に改編したので、獣医部の将校、下士官の数は多少のデコボコがあり、これを調整する必要が出て来ました。

そこで私が集団命令の原案を作り、決裁の後、各部隊へ知らせました。すると、移動を命ぜられた一部の将校から文句が出ました。戦争中はどんな命令が出ても文句は一つも出なかったのですが、この期に及んでは、気に入らねば異議を申し出ます。命令そのものは集団命令ですが、原案は私が書いたものですので、これも敗戦の余波として諦め、甘んじて文句を受けたものでした。

同様な例はまだありました。獣医部長の発案で、獣医部将校の集合教育をやりたい。ついては、師団病馬廠で設営するようにという指示がありました。獣医部将校の集合教育というのは、戦争中はごく一般的なことで、軍医部、経理部など、どこの部でも将校教育のため、定期、不定期に師団の各部隊の将校を集め、技術、管理などの研修活動を行なったものでした。

しかし、終戦この方、いろいろ大事件の連続で、とても集合教育などしている雰囲気ではなく、また、いずれ復員、解散する運命の連中が今さら集合教育でもないと、どこの部でもやっていませんでした。しかし獣医部長の発想は独得で、とにかく専門教育は復員後の生活にも役立つであろうし、人間は勉強に励むべきであるというのが持論でした。ただし、あえて病馬廠に設営を命じたのは、期待するところがあるのではないかと考えられました。

前述のように馬はすべて集団外に置かれました。これは蝿などが涌《わ》いて不衛生であるというオーストラリア軍の意向で、病馬廠もこの例に洩れず集団外にあり、その点、開放的でもあるし、自活も比較的自由にやっており、とくに椰子酒の製造についても近隣に気がねなく作れる立場でした。この椰子酒に部長が照準を合わせたのではないかと見るのは、下司《げす》の勘ぐりかも知れません。

いずれにしても、部長の意向ですので、私はこの件を立案し、各部隊に指示して一応集合教育は無事開催されました。しかもその後に部長の思惑通り一席設けられ、予想通り椰子酒の接待もありました。ここまではまことに原案通り（期待通り）事が運び、宴果てて解散し、それぞれ乗馬で帰って行きました。

ところがこのとき、病馬廠の次席将校で召集の比較的高年齢の中尉が私に追い鎚《すが》って来て、

「何ゆえ、今日の集合教育の開催場所として、当病馬廠を選んだのか？」

と厳しい調子で詰《なじ》って来ました。

「ここを選んだのは部長ではなく、張本人は大森大尉自身であって、しかも椰子酒が目的であろう。ここラバウルでは、敗れたりといえ、まだ軍隊だからこんな無理も利くが、今に復員して地方（軍隊では一般社会を地方と称した）に還った場合、このような専横は絶対に許されないはずだ」

と語気荒く迫って来たものでした。

戦争中はこんな現象は決してなかったことで、敗戦により階級組織や秩序の崩壊が現われ、下剋上の世となって行くさまを身をもって痛感したことでした。

復員までの集団

朝鮮集団

私どもの集団の比較的近い距離に、朝鮮人集団がありました。前述の通りインド人や中国

人など、それぞれに別々の集団に収容され、この順に帰国して行きました。朝鮮人は外国人の中では一番最後になっており、しかも我々と同じくオーストラリア軍の一隊によって管理されておりました。

朝鮮人が日本軍に入ったのは、主として志願兵として入隊していたもので、とくに戦争の後期になると、日本人だけの補充がだんだん不自由になったため、彼らの入隊が始まったようです。とくに軍直部隊である高射砲隊、照空隊、重砲隊などに多くいたようでした。彼らは志願兵で、当時の中学校に入学できるほどのレベルの高い連中で、日本人であれば幹部候補生から将校になれるはずの者が一般の兵隊として入っているので、隊内でもとくに優秀な連中が揃っていました。

また、海軍では飛行場などの設営のため、多数の労働者として集めた者もあったようです。いずれも最後には朝鮮人として別の集団を作りました。

この頃、周辺の部隊で頻々《ひんぴん》として馬の盗難がおこりました。この犯人は朝鮮人としか考えられませんので、オーストラリア軍に犯人を捜してくれるよう、渉外班を通して訴えました。オーストラリア軍の将校は、一応盗まれた馬の毛色、特徴などを聞いた後、調べて見るからというのですが、その後は調べたが不明との返事が来るばかりでした。

我々も初めから、どうせすでに食べてしまっているはずだから、分かるわけがないと見切りをつけてはいましたが、事実は事実なので、事の顚末《てんまつ》を明らかにしておくべきものと考え、申し立てたまでです。対策としては、朝鮮集団に近い厩舎には、不寝番を強化するしか方法がありませんでした。

こうして相互に不信感と猜疑心に満ちていた朝鮮人集団とも次第に仲良くなり、そのうちにはお互いに演劇団の交換をするまでになりました、人間同志だれでも最初は理解し合うことができなくても、時間をかければお互いに歩み寄って仲良くできるものらしいと思います。近頃テレビで朝鮮風俗を放映し、長い布を翻して環になって踊っているのを見ると、ラバウルの演劇団を思い出して懐かしく、感慨にふけることもあります。

演劇場開設

一応自活の見通しも立ち、増設すべき建物もすべて完成しましたので、このあたりで団員の気持を和らげ、一息つく必要があると上層部も判断しました。そこで演劇場を建てることになりました。おそらく、現地の材料で造る最大の建造物と思われるような大劇場が完成しました。

この頃になりますと、自活活動は午前中で終わり、昼食後一服し、午後はゆっくり入浴後、三々五々と演劇場へと集まって参ります。

入浴はよろしいが、風呂上がりは現地のこととて大変蒸し暑く、さっそくに衣類を着るのは少なからず抵抗を感じる状態でした。そこで距離的にはほど近い将校宿舎から風呂場までの間ですから、褌《ふんどし》と晒《さら》し木綿の腹巻というズボラないでたちで通っておりました。

ところが、この状態を、並びの佐官用風呂から眺めていた神谷高級参謀（中佐）が目ざとく見つけ、「大森大尉」と大声で呼びつけ、「将校が裸で外を出歩くとは何事か」と叱られました。確かに小生に非があったので、「ハイ」と素直に叱られました。おそらくこれはこの前の会議の席上での、小生の集団長とのやりとりを聞いていて、いつか機会を見て一発かましておこうと考えられていたのだろうと思えました。

また、これと前後して当の集団長からも偶然歩いているとき出会い、私の長靴を見て曰く、「官給品を切るとは何事か」と注意されたものでした。この頃は内地から持って行った私物の長靴はすでに履き潰し、すべて官給の、乗馬隊の下士官・兵用の長靴を使っておりましたが、もはや乗馬の機会はほとんどなく、また現地の蒸し暑さなどから、大抵の将校たちは長靴の上部を三分の一切って短くし、航空隊や自動車隊なみの半長靴スタイルにしていました。少しでも涼しいいし、履きやすく、歩行も軽快で、皆で愛用していたものでした。これも前の会議のお返しと感じたのは、私の僻《ひが》みだったでしょうか。

叱られた話はひとまず措《お》き、風呂上がりの上機嫌で集まる演劇場の演《だ》し物は、歌あり、劇あり、器楽ありで、皆、ひと時、戦地にいるのも忘れるほどでした。劇のためには衣裳や鬘《かつら》、白粉《おしろい》などに供するとしていろいろの協力をさせられました。すなわち鬘の材料として馬の尾の毛、鬣《たてがみ》、また衣裳の素材として獣医資材の木綿布、白粉の代用品として亜鉛華、口紅用のマーキュロクロームと、持っていた資材はどんどん提供したものでした。

各部隊からはそれぞれ自信のある兵隊が芸人に早変わりしたものでした。戦後の日本芸能界で活躍した小沢栄太郎も、確か重砲隊の兵長だったように記憶しております。また彼と同じ重砲隊の軍曹でしたが、これがすばらしい女形で、すっかり化粧しますとまるで絶世の美人に見え、観客をすっかり酔わしてしまったものでした。それで部隊の裏に作った楽屋には、一目こうした役者を見たくて、押すな押すなの大混乱を呈することもありました。

またある晩、盆踊り大会が催され、この会場の中心には各部隊選り抜きの女装の踊り子が並び、周りに一般の観客がつめかけて、中心部の役者のうち、お目当ての女形が回って来ると、どっとばかりに周囲から観客の環が中心に向かって崩れ、整理の縄も押しのけられてどうにもならないこともありました。絶世の美人がじつは軍曹だと分かっていても、ある瞬間には完全に女と思えてしまうのでした。

復員準備

昭和二十一年も二月頃になりますと、そろそろ復員船がラバウルにも来るようだという噂が流れはじめました。そこで皆、復員の用意を始めておりました。噂では、自分の持てる限りの荷物が一個だけ許されるということで、それぞれ自分の体力に合った、しかも背負いやすい形に作るように各々工夫し、あたかも荷物作りのコンクールになりました。

私はこの頃は大部屋住みを卒業し、先任大尉二名の宿舎に住んでおりました。初めは下士官上がりの年配の速射砲隊の中隊長だった人で、後の相部屋の大尉は士官学校出身の高射砲隊の中隊長で、私より若い人でした。私を含めていずれも職業軍人であった連中ですので、復員後の身の振り方などがよく話の種になり、その合間にはせっせと荷物作りに励んだものでした。

まずリュック作りですが、材料には不用になった天幕を裁断し、これを縫工兵にミシンをかけて一応袋状に加工してもらいました。後の細部はすべて自分で、手縫いで少しずつ仕上げたものでした。ほとんどの者はリュックサックスタイルに作りましたが、中には背負い子スタイルに作っている者もありました。重い物を負うには、この背負い子スタイルの方が合理的のようでした。私はまずリュックスタイルにして、しかも比較的細長い形に作り、この上に別の袋を結合し、結局は背負い子スタイル的になりました。

これを背負い、若干前かがみになって歩きますと、荷物の重心がちょうど足の中心に落ち、普通のリュックスタイルの場合のように後方に引かれるような力はまったくかからず、合理的に背負えることが分かりました。これは戦争中、山砲や機関銃など重量物を人力で運搬せざるを得なくなったとき、やむなく考え出された方法で、高山地帯の「ポッカ」などの方法を基本にしたもののようでした。

いずれにしても、それぞれ自分の荷物はすんなりと出来上がったものではなく、一応作っては背負って見て、様子を見ては手直しをし、ゆっくり時間をかけて拵《こしら》えたものでした。そろそろ復員が近づいた頃には、あちらこちらの宿舎からそれぞれ自慢の大荷物を背負った連中が広場に現われて、背負い心地を試し合い、お互いに他の人の荷物を批判し合って楽しんだものでした。

荷物の内容物は被服類のほかは大した物があるわけではないはずですが、どうせ内地には何もないだろうからと、とにかく何でも持てる物は持って帰ろうと考えていた様子でした。獣医部長は、復員後の生活設計を考えて、重い蹄鉄工具まで持って帰ることにして、かなりの年配でいられましたが、とにかく頑張って持ってゆかれたのには、その筋金入りの意志の強さに驚嘆したものでした。

隣りの若い大尉さんは懐中時計を持っており、これをどうやって隠そうかと苦心しておりました。というのは、乗船のときオーストラリア兵の検査があり、貴重品は取られるかも知れないと聞いて、隠すためにいろいろと気を使う人もおり、また、金の指輪など石鹸の中に隠した人もおりました。

それに乗船検査時に、開けて全荷物を展示した後、短時間でふたたび収納する必要があるというので、入れ方にも何かと気を使っておりました。このあたりをガヤガヤと話し合いながら、いろいろと詰め方を工夫するのも楽しみの一つでした。

この頃から各部隊とも農耕用の馬の整理を始めておりました。それで硝酸ストリキニーネ

（毒薬）によって殺すことを指導してまいりました。この硝酸ストリキニーネは、水に溶かして頸静脈に二十ミリリットルほど注射しますと、針を抜くひまがないほどの早さで馬が倒れますので、注意しないと注射している者が馬の下敷きになりかねず、危険ですから、初めのうちは指導して回ったものです。

こんな劇薬ですが、静脈内に注射しますと、薬は全身に回り、稀釈されてしまいますので、馬の肉を食べても人体に影響はなく、馬肉はすべて食肉とし、久しぶりの獣肉に一同、舌鼓を打ったものでした。

しかし、この頃になりますと、いよいよ復員が本格化したこととて、各部隊は米をはじめ、あらゆる食料品の放出を始めました。なにしろ、米は個人、中隊、大隊、連隊とあらゆる段階でそれぞれがいわゆる、員数外の物を持っており、これが一度に出始めたので、食糧事情はいっせいに変わってまいりました。とくに米と砂糖の放出は大歓迎で、お汁粉会を催すやら、個人的には現地自活の畑の緑豆なども成熟して来ておりましたので、それぞれ自前で「茹《ゆ》で小豆」ならぬ「茹で緑豆」で甘味を楽しんでおりました。

ココッポ集団への集結

東部地区の乗船地はココッポと決まり、我々の集団がこの地区では最初に乗船して宿舎を明け、後続部隊がここをその宿舎とすることになりました。

この間にも一部の人が先行して内地に帰り、受け入れ態勢作りをやりました。私もたまたま同郷の人が先行隊に入ったので、近況を知らせてくれるよう依頼しました。これでとにかく、私が無事でいることを、家族の者に知らせることができました。

また、例の海軍部隊も、他の海軍部隊と共に我々より先行して帰国し、この後に大量の食べ残し食糧が出てまいりましたことは前述の通りです。こうして、集団の中も櫛《くし》の歯が欠けたような感じになって来ました。

いよいよ集団最後の日、午前二時過ぎに起床、トラックに分乗し、まだ辺りは真っ暗闇の中を集団を後に、ココッポに向け出発しました。途中上空を見ますと、椰子の葉陰にクッキリと南十字星が輝き、数ヵ月集団生活を送ったガゼル半島ともいよいよおさらばという気持と、もうすぐ内地へ帰れるという喜びとで複雑な感慨をもって眺めたものでした。

ココッポ到着時にはすっかり夜も明け、割り当ての宿舎へ落ち着きました。しかしここは一晩だけで、明日は乗船です。ここで聞いたのは、哀れな兵隊の話でした。

我々同様、いよいよ明日は帰れるというある部隊で、誰かが最後の思い出に椰子の実の水が飲みたいと言い出しました。そこで一人の兵隊が、気軽に椰子の木に登りはじめたのですが、前述のように椰子の木登りにはコツがあり、不用意に一番下の葉柄に手を掛け、力を入れて体重を預けることは厳禁にもかかわらず、この兵隊はついにこの禁を犯したのです。

その結果、長い間夢にまで見た乗船を前にして不帰の客となりました。本人の無念もさることながら、遺族の痛恨の念は察するにあまりあることでしょう。一同この話を聞いて、もはや戦闘行動の収まった今日、不慮の事故を避けるため、注意の上にも注意すべしと皆々自戒した次第です。

復員帰還

復員船

いよいよ乗船の当日、ここからは肩に食い込む重いリュックを背負い、一歩一歩足を踏みしめて荷物検査場に到着し、荷物を展開してオーストラリア兵の検査を待ちました。検査の重点は那辺《なへん》にあったのか不明でしたが、私の周囲の人たちは誰も問題のあった人はいませんでした。

ふたたび荷物を手早くまとめ、互いに助け合ってリュックを背負い、乗船地までの約一キロの下り坂の道を喘《あえ》ぎながら歩き、やっとの思いで桟橋に辿り着きました。沖には懐かしい日本海軍の駆逐艦と米軍のリバティ型の輸送船が停泊しており、桟橋には日本軍の「大発」が二隻おりました。

この大発に先頭から順に乗り込み、座り込むことなく、立ったまま、荷物を背負った姿勢で前に詰め、自分の鼻が前の人の荷物で今にも潰れそうになるまで詰め込まれました。

大発は波の上を進みます。直立の姿勢を保つために脚力、背筋力、全身の力をふり絞って耐えました。一人が倒れれば全員将棋倒しとなりますから、各々必死でした。しかし、あまりにも重過ぎる荷物を背負っていた二〜三人はその重みに耐え切れず、足元へ崩れ落ちた人もいました。獣医部長もそのうちの一人でした。横倒しにならないでくれたことは有難いと思うべきでしょう。

辛抱しているうちに、やがて大発は駆逐艦に横付けされ、水兵さんに助けられてまず荷物が、ついでその持ち主の人間が助け上げられました。艦上に足をつけた瞬間、これでラバウルから帰れるとの実感が湧きました。艦が動き出し、方向を変え、ココッポの海岸がだんだん遠ざかり、椰子の林も次第に判別できなくなって来ました。ラバウル小唄は戦後になって知った歌ですが、この唄の作者の気持も、その一部はおそらくこのときの我々と同じだったに違いないと思われます。

我々の乗った船は、日本海軍の一等駆逐艦「雪風」を改造したものと、米軍の輸送船で、二隻が対になって航海することになりました。私の乗ったのは駆逐艦の方で、大砲や魚雷などすべての兵装をはずし、兵員が宿泊できるように応急改造したもので、私たちの寝る部分は爆雷庫に応急寝台を急造したものでした。しかし初めての夜、この中で寝たところ、無理してギュウギュウ詰めにしていたため、暑いし、息苦しいし、とても寝られたものではありませんでした。

そこで途中で逃げ出し、甲板上にスペースを見つけ、毛布一枚のゴロ寝の方がよほど快適でした。以来ずっとこの甲板寝で過ごしましたが、幸いにして雨はまったくなく平穏無事な航海でした。

しかし、いよいよ内地が近くなり、小笠原群島の沖を過ぎた頃から夜はだんだん冷えて来て、とても外では眠れません。それではと、正規の自分の寝ぐらに戻れば寝苦しいし、一晩中出たり入ったりしているうちに夜が明けました。

船中の食事は、食っては寝るだけの生活ですから、朝と晩の二食だけでした。それも前半は麦飯に味噌汁、それに胡瓜《きゅうり》の漬物だけでした。この胡瓜漬が問題で、内地では塩も不足らしく、塩味のほとんどない、したがって溶けそうな漬物でした。

食事の量は集団の初期にくらべれば充分にあったのですが、復員間近にはかなり贅沢に馴れていたので、質の問題では非常に劣悪に思われましたので、ラバウルの病馬廠からもらって、非常用に持ち込んでいた燻製風の馬肉の乾肉を、「するめいか」を裂くように筋肉の繊維に沿って引き裂き、増し飼いしておりました。いつも甲板の片隅を陣取って駄《だ》べり、相手の大尉さんと乾肉を分け合って暇を潰しておりました。

途中、暇にまかせて支障のない限り艦内を見学して回りました。兵装は全部取り除いたので、何の変哲もない船でしたが、大変狭い軍艦で、乗員の不自由もさぞかしと偲《しの》ばれました。戦争中は完全兵装の艦にしばしば陸軍が乗って上陸作戦が展開されましたが、乗せる海軍も乗せられた陸軍も、ともに大変だったことと、我々が復員船として乗ってみて痛感しました。米軍では専用の上陸用舟艇を持っていたので、こんな面でも彼我の差は大きなものがあったと分かった次第です。

内地からラバウルに赴任したときは、たった一週間で着きましたが、帰りは敵の潜水艦も飛行機も心配のないのんびりとした船旅で、大変ゆっくりと走るお陰で、中途のグアム島へ着くまでにほぼ一週間もかかっておりました。このグアム島で食料と水を補充する手筈《てはず》でしたが、どうしたわけか、ここに尻を据えたままいっこうに出航致しません。ここに二泊はしたように記憶しております。

この間もまったくすることがなく、近くの米軍の上陸用舟艇の作業、また米軍軍艦の補給作業などを眺め、また遠く米軍の港の防波堤の工事を望見したりしておりました。大変面白かったのは海軍の軍医さんと米軍との物々交換で、主として絹のスカーフや、これに描いた浮世絵などを交換材料として、タバコを手に入れておりました。私たちは交換材料も持たぬことゝて、ただ眺めているだけでした。

そのうちやっと積み込むべき物資も揃ったと見えて出発となりました。後になって考え合わせれば、この頃、このグアム島には、例の横井さんたち生き延びた連中が、なお頑張っていたのですが、そんなことも露知らなかったことでした。

さて、このときこの艦に積み込んだ食料というのは、じつはただの玄米でありました。これはもともとグアム島の日本兵の食糧で、終戦に当たり米軍が押収してその後の管理が悪いため、かなり虫害の酷《ひど》いものでした。したがって、それから以後の食事は玄米食に味噌汁、それに例の溶けそうな胡瓜《きゆうり》の漬物でした。一度だけ、米軍から入手した鱈《たら》の缶詰が出されましたが、相当に飢えていた我々の口にも合わない、大変不味《まず》い物でした。しかし、あと数日で内地に着けると考えると、不味い食事の我慢なんか、何でもないことでした。

伊豆七島を過ぎるあたりから甲板に出ると、昼間でも寒く感じるようになりました。忘れもしない五月十三日朝九時頃、遙か彼方に内地の姿が見えはじめ、全員甲板に出て来ました。だんだん陸の形がはっきりして来て、夢にまで見た日本の松の枝ぶりが鮮やかに現われたとき、いよいよ帰国したという実感が湧いて来ました。

乗艦したときとは反対に、沖に停泊した本艦に横付けされたお迎えの団平船に乗り替え、浦賀の旧潜水艦基地へ向かいました。

陸に近づいた頃、誰かが「女がいる」と大声でいうので、いっせいに反対側を振り向くと、我々の舟とすれ違いざまに同じくらいの舟艇が進んで行き、この舟の中に若い女の人が乗っておりました。昭和十八年以来、初めて見た日本の女の人でした。丸顔のやや肥り気味な人で、美人というにはほど遠い容貌と記憶していますが、何しろ内地で初見参の女の人ということで、皆興奮した次第でした。

日本上陸

興奮続きで上陸し、待ちかまえていた米軍の消毒班により、頭からＤＤＴの粉の洗礼を受けました。

割り当てられた宿舎に落ち着き、まず注意されたことは、隣の兵舎はコレラの汚染兵舎で、決して白線から外に出てはならぬということでした。彼らは南支からの復員兵で、まだ上陸できずに沖の輸送船の中に閉じ込められている兵隊も多いと聞かされ、我々は無事故で上陸できて幸いであったと痛感しました。

この夜は上陸祝いということで一合の日本酒もつき、初めての日本の夜を迎えました。この頃、内地はインフレの嵐が吹き荒れており、我々の持ち帰った軍票はすべて紙屑同然となり、わずかに三百円だけの新円が渡されました。

翌朝になり、これまで保ってきた階級章がはずされ、まったくの民間人として復員列車に乗るため、最寄りの駅に集合致しました。ここで今まで平穏であった復員兵の間に、部隊によっては若干の騒ぎが、将校と兵との間に起こったようでしたが、我々の身近には何事も起こりませんでした。

ひとまず電車で横須賀駅に出て、復員列車の到着を待ちました。この日は五月十四日で、奇しくも数え年で三十歳の誕生日でしたが、南方帰りの我々には大変寒く感じられ、持っていた荷物のうち、着られる物は全部出して着たのですが、それでも寒くて互いに体を押し合い、押しくら饅頭をしても耐え難いほどでした。無理もありません。この日は五月半ばというのに霙《みぞれ》が降って来たのです。南方惚《ぼ》けがして、皮膚の弛《ゆる》み切った身には耐えられないはずです。

列車を待つ間にも内地の小学生らしい子供に会い年を訊《き》いたところ、六年生とのこと、とても六年生とは思えないほど小柄で、栄養の不足が滲んでいる感じでした。また、饅頭一個十円とかで、インフレ感覚のない身では、とても高くて手も出ない気持でした。

列車は大船から東海道線に入り、下り列車となりました。しかし、列車の車輌は電車の車輌を転用したものらしく、横に開く二つのドアがついたものでした。ドアの一つがまったく閉まらず開いたままの進行で、危険なうえ、外気がもろに入って寒くてたまらないので、駅に停まるたびに駅員に処置を依頼しましたが、まったく応じてくれません。そのままの状態で走り続け、郷里の岡山駅頭に下車したのは翌日の真夜中の二時半頃でした。

ここまで同行したのは、軍畜班を担当していた松木少尉で、郷里は四国の松山とのことでした。私も岡山で降り、二人一緒に宇野線に乗り替えるため、五時頃までホームで待ち、始発に乗り込みました。私は次の大元駅で下車するので、ここで松木君と別れて一人懐かしの駅へ降り立ちました。もう夜もすっかり明けておりました。この大元駅は私の小さい時から馴れ親しんだ駅ですので、自分のテリトリーの一部という気持がしました。

家へは昨日のうちに一応復員した旨電報を打ってはありましたが、列車の到着時刻などは着いて見なければ分からない当時のことで、とても出迎えなどは期待できません。この駅から歩いて二十分ぐらいで私の家なので、荷物は駅預かりにして、身軽になって近道を取って線路伝いに歩いて帰りました。

私の生家は現在は岡山市内に編入されておりますが、当時はまったくの純農村で、宇野線から五十メートルくらいのところにあり、線路を歩くことは違反行為でしたが、最も近道の上、敗軍の大尉、兵を語らずというほどではないにしても、とにかく村の住民と顔を合わせ、挨拶などという面倒もなくてすみますし、当時のこととて後続列車がすぐに来る心配もありません。

私の家の土蔵の横に生えている、岡山平野のどこからでも見える大楠の若葉が光るのを見ながら、生家の安泰を確信しました。西側の通用門から入り、懐旧の念、胸に渦巻くのを押さえて我家の敷居を跨《また》ぎました。

「只今」という声を聞きつけて妻が真っ先に奥から飛び出して来ました。昨日の電報により、今日の帰還を予想して近くの実家から来て待っていたのでした。家の者も誰も変わらず、父母、兄弟、幼い甥や姪たち、それにやはり中国大陸へ出征していた従弟たちもすでに復員して、この家で英気を養っており、荷物は彼が大元駅まで取りに行ってくれました。

このとき私は身長百六十七センチありましたが、体重はわずか四十五〜六キロに痩せ（現在六十五キロ）、たび重なるマラリアの発熱と、マラリア治療薬アテブリン錠のため、全身が真黄色になって、とにかく、命だけ拾って来たという哀れな状態でした。

しかし、大変幸せだったことは、生家が農家であったお陰で、とにかく食糧の心配はなく、半年の間、親の膝下でもっぱら食べては寝るという恵まれた生活を送ることができて、次第に体力を回復し、その後新たな希望を抱いて東大の大学院へ帰ってゆきました。

単行本　一九九七年七月「ラバウル戦記」改題　元就出版社刊

NF文庫

ラバウル獣医戦記

二〇一六年九月 十六 日 印刷
二〇一六年九月二十二日 発行

著 者 大森常良
発行者 高城直一
発行所 株式会社 潮書房光人社
〒102-0073 東京都千代田区九段北一-九-十一
振替／〇〇一七〇-六-五四六九三
電話／〇三-三二六五-一八六四(代)
印刷所 モリモト印刷株式会社
製本所 東 京 美 術 紙 工

ISBN978-4-7698-2966-9 C0195
http://www.kojinsha.co.jp

NF文庫

刊行のことば

第二次世界大戦の戦火が熄《や》んで五〇年――その間、小社は夥しい数の戦争の記録を渉猟し、発掘し、常に公正なる立場を貫いて書誌とし、大方の絶讃を博して今日に及ぶが、その源は、散華された世代への熱き思い入れであり、同時に、その記録を誌して平和の礎とし、後世に伝えんとするにある。

小社の出版物は、戦記、伝記、文学、エッセイ、写真集、その他、すでに一、〇〇〇点を越え、加えて戦後五〇年になんなんとするを契機として、「光人社NF（ノンフィクション）文庫」を創刊して、読者諸賢の熱烈要望におこたえする次第である。人生のバイブルとして、心弱きときの活性の糧《かて》として、散華の世代からの感動の肉声に、あなたもぜひ、耳を傾けて下さい。

＊潮書房光人社が贈る勇気と感動を伝える人生のバイブル＊

ＮＦ文庫

軍艦「矢矧」海戦記　建築家・池田武邦の太平洋戦争

井川　聡

二二歳の海軍士官が見た新鋭軽巡洋艦の誕生から沈没まで。日本の超高層建築時代を拓いた建築家が初めて語る苛烈な戦場体験。

牛島満軍司令官沖縄に死す　最後の決戦場に散った慈愛の将軍の生涯

小松茂朗

日米あわせて二十万の死者を出した沖縄戦の実相を描きつつ、戦火のもとで苦悩する沖縄防衛軍司令官の人間像を綴った感動作。

新説　ミッドウェー海戦　海自潜水艦は米軍とこのように戦う

中村秀樹

平成の時代から過去の戦場にタイムスリップした海上自衛隊の潜水艦はどんな威力を発揮するのか——衝撃のシミュレーション。

少年飛行兵物語　海軍乙種飛行予科練習生の回想

門奈鷹一郎

海軍航空の中核として、つねに最前線で戦った海の若鷲たちはいかに鍛えられたのか。少年兵の哀歓を描くイラスト。エッセイ。

海軍戦闘機列伝　搭乗員と技術者が綴る開発と戦闘の全貌

横山保ほか

私たちは名機をこうして設計開発運用した！　技術と鍛錬により青春のすべてを傾注して戦った精鋭搭乗員と技術者たちの証言。

写真　太平洋戦争　全10巻　〈全巻完結〉

「丸」編集部編

日米の戦闘を綴る激動の写真昭和史——雑誌「丸」が四十数年にわたって収集した極秘フィルムで構築した太平洋戦争の全記録。

＊潮書房光人社が贈る勇気と感動を伝える人生のバイブル＊

ＮＦ文庫

世界の大艦巨砲 八八艦隊平賀デザインと列強の計画案
石橋孝夫
日本海軍の軍艦デザイナー平賀譲をはじめ、米、英、独、露・ソ連各国に存在した巨大戦艦計画を図版と写真で辿る異色艦艇史。

隼戦闘隊長 加藤建夫 誇り高き一軍人の生涯
檜 與平
「空の軍神」の素顔——陸軍戦闘機隊を率いて航空部隊の至宝と呼ばれた名指揮官の人間像を身近に仕えたエースが鮮やかに描く。

果断の提督 山口多聞 ミッドウェーに消えた勇将の生涯
星 亮一
山本五十六の秘蔵っ子として期待され、「飛龍」「蒼龍」二隻の空母を率いた日本海軍のエース山口多聞。悲劇の軍人の足跡を描く。

蒼茫の海 提督加藤友三郎の生涯
豊田 穣
日本の国力と世界を見据え、八八艦隊建造の只中で軍縮の重い扉を押しひらいた比類なき決断と統率力の男の足跡を描く感動作。

日本陸軍の知られざる兵器 兵士たちを陰で支えた異色の秘密兵器
高橋 昇
装甲作業機、渡河器材、野戦医療車、野戦炊事車……。表舞台には現われず、第一線で戦う兵士たちの力となった〝兵器〟を紹介。

陸軍戦闘機隊の攻防 青春を懸けて戦った精鋭たちの空戦記
黒江保彦ほか
敵地攻撃、また祖国防衛のために、愛機の可能性を極限まで活かし全身全霊を込めて戦った陸軍ファイターたちの実体験を描く。